恭王府与什刹海

文化和旅游部恭王府博物馆 编

图书在版编目（CIP）数据

恭王府与什刹海 / 文化和旅游部恭王府博物馆编. — 北京：文化艺术出版社，2024.11. — ISBN 978-7-5039-7748-0

Ⅰ.I251

中国国家版本馆CIP数据核字第2024WH0469号

恭王府与什刹海

编　　者	文化和旅游部恭王府博物馆
责任编辑	廖小芳
责任校对	董　斌
书籍设计	姚雪媛
出版发行	文化藝術出版社
地　　址	北京市东城区东四八条52号（100700）
网　　址	www.caaph.com
电子邮箱	s@caaph.com
电　　话	（010）84057666（总编室）　84057667（办公室） 　　　　　84057696—84057699（发行部）
传　　真	（010）84057660（总编室）　84057670（办公室） 　　　　　84057690（发行部）
经　　销	新华书店
印　　刷	天津裕同印刷有限公司
版　　次	2024年11月第1版
印　　次	2024年11月第1次印刷
开　　本	710毫米×1000毫米　1/16
印　　张	15.25
字　　数	62千字
书　　号	ISBN 978-7-5039-7748-0
定　　价	98.00元

版权所有，侵权必究。如有印装错误，随时调换。

编辑委员会

主　任

冯乃恩

副主任

陈晓文

委　员

张　建　徐　玮　赵书华

郝　黎　王博颖　张蒙蒙　张　超　别承红　赵云菘

赵　京　王玺阳　黄　琦

序

恭王府，这座位于北京什刹海畔的古老府邸，见证了无数历史的风云变幻，承载着深厚的文化底蕴。恭王府从乾隆中期成为和珅宅邸开始就处于什刹海社区环境之中，并一直延续下来，被誉为"什刹海的明珠"，而什刹海则是北京市著名历史文化保护区。

2023年是恭王府博物馆创建40周年。经过历史的积淀和40年的建设，恭王府相继成为全国重点文物保护单位、国家5A级旅游景区、国家一级博物馆。恭王府博物馆是什刹海大社区不可分割的组成部分，注重建设社区博物馆，以社区一分子的形态融入环境，发挥文化机构的引领、传承、教化作用。因此，恭王府博物馆联合西城区社会科学界联合会、西城区什刹海街道办事处、什刹海民俗协会以及北京十三中校友会等机构，共同策划了这本《恭王府与什刹海》，邀请在恭王府及周边什刹海生活、学习、工作过的30余位人士，撰写了这些回忆性文章。

作者带领我们穿越时空，以亲身经历为素材，用文字生动地描绘了恭王府与什刹海的点点滴滴，为我们呈现了一幅幅历史与现实交融的画面，不仅记录了恭王府的历史沿革，也展示了这座古建筑群在不同时期的风貌，具有较高的历史文化价值。

每一篇文章都饱含着作者对恭王府、什刹海的深情厚谊，具有强烈的情感感染力，令人共鸣。

我们能与各位作者合作深感荣幸，对他们惠赐文章表示衷心的感谢。我们相信，这本书将成为许多人了解恭王府、了解什刹海、感受历史文化的窗口，也会成为一座连接过去与未来的桥梁。

最后，希望《恭王府与什刹海》这本书能够激发读者对传统文化的探索和热爱精神，与我们共同传承和弘扬中华民族的优秀传统文化。

文化和旅游部恭王府博物馆

2023 年 12 月

目录

003　春游什刹海　费孝通
013　忆费孝通游什刹海的那些事　费平成
022　恭王府与什刹海研究会　吴　杰

033　走进恭王府
　　　——考研与读研　田　青
052　在恭王府读书的日子　范丽庆
057　难忘的"前海"时光　蒋慧明
064　恭王府的海棠
　　　——中国艺术研究院学习生活点滴　李　一
068　天地　四时　人间书
　　　——前海西街17号求学忆往　刘晓真
071　女编辑的恭王府时代　仲　江

079　屈氏家族与恭王府的三代情缘　屈祖明
090　我想到的恭王府　爱新觉罗·恒锴
099　与恭王府结缘　李少武
111　我的老师毓峘先生　王铁成

121　东涯老屋　屠弌璠

129　恭王府文化对什刹海书画文化的影响　王德泉

135　恭王府与什刹海地区的传统文化　王光辉

141　小时候住在大观园　黄薇薇

149　我住在福善寺的日子　郗仲平

163　从恭王府戏台到人生舞台　刘光秀

168　恭王府大戏台留下我们夫妻青春的记忆　郭秀荣

178　王府·柳荫社区春晚　李建春

183　吹着"海风"长大的北京妞　王丽莉

189　我做恭王府志愿者十三年　赵春弟

196　恭王府
　　　——炎黄子孙心中的梦　冯晓红

200　恭王府旁的阿拉善府和鉴园　张亚群

212　一个不应该遗忘的院落
　　　——府夹道1号　王滨滨

218　我了解的恭王府与什刹海　赵书华

228　思旧日，看新天：
　　　"海畔老友——恭王府与什刹海的共同记忆展"有感　肖　和

233　恭王府的记忆　潘　艺

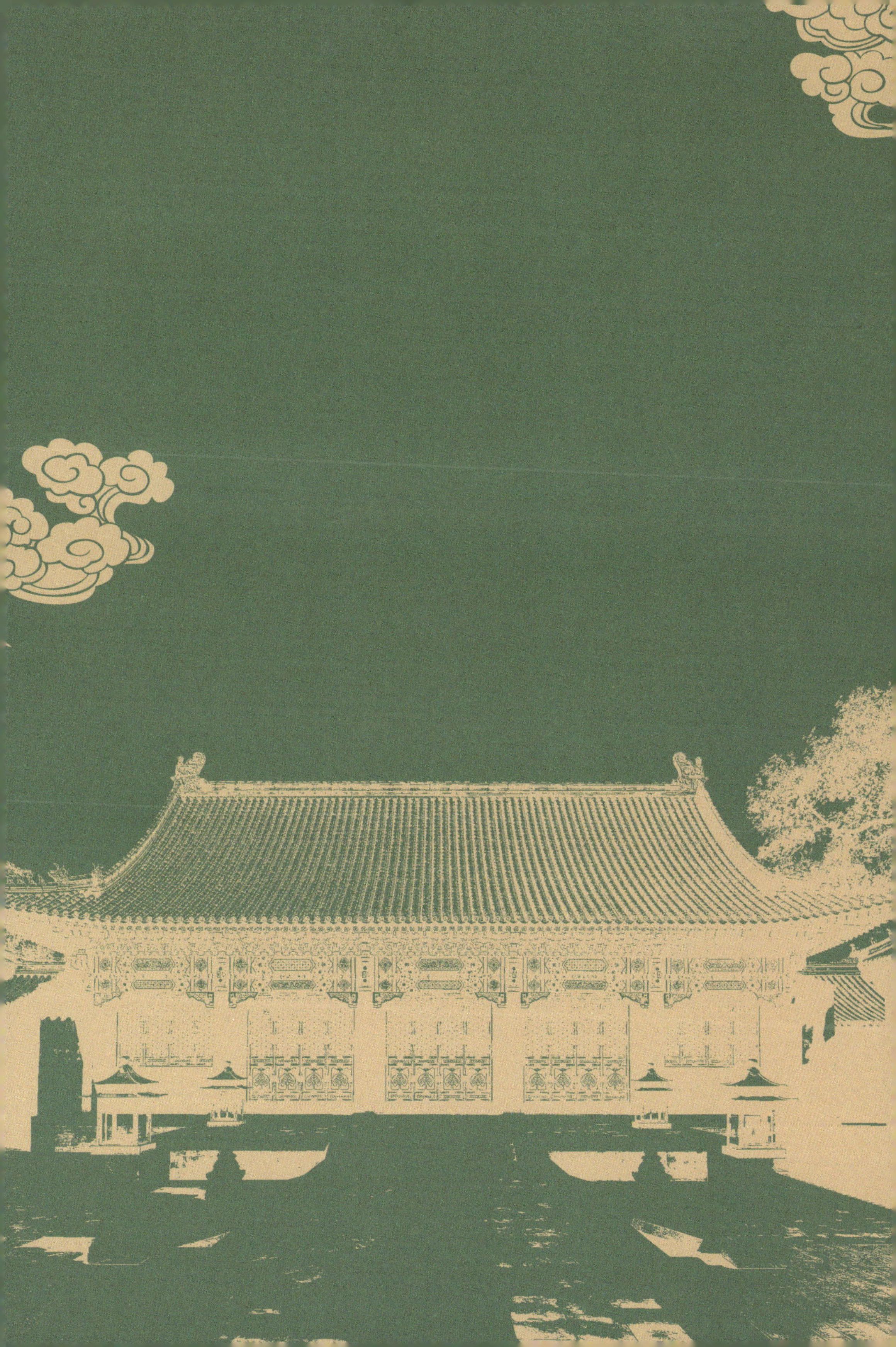

春游什刹海

费孝通

去年 4 月 21 日，我应中共北京市西城区委、区政府的邀请到离我家不远的什刹海景区考察。这也是我来到北京七十年来第一次到北京城区内的景区一游，看到城内这样一大片历尽沧桑保存下来的属于人民的水面，真使我耳目一新、兴奋不已。

这次西城区邀请我到什刹海，主要是在落实北京市关于旧城改造方案中，如何解决好什刹海历史文化保护区的保护、开发、利用的问题，想听听我这个"老北京市民"的意见。

说实在话，北京解放初期，我曾是梁思成教授领导的第一届首都城市规划委员会的成员之一，也是最早热心于如何把北京这个历史文化古都的传统与城市现代化建设结合好的人之一。可惜的是，1957 年以后的多次政治运动使这个问题一直没有解决好，而且留下了很多遗憾。

十一届三中全会以后，我倾心研究贫困地区的致富道路和小城镇的发展模式。直到最近随着研究的不断深入，开始关注大中城市的建设与发展，其中也牵涉许多历史名城在发展中如何保护、开发和利用传统文化遗产的问题。今天到什刹海一看，才发现北京的历史文化遗产中，有待开发利用的太多了。

图1 费老乘坐"胡同游"的三轮车前往恭王府的花园

  就拿恭王府来说吧,我是去年在电视剧《宰相刘罗锅》里首先接触到的。这回考察的第一站就是恭王府,而且西城区的同志是让我坐"胡同游"的三轮车去的。虽然路途不长,但感受与坐汽车完全不同,使我回忆起骆驼祥子的黄包车,还真有点儿老北京的味道。

  恭王府花园原本是乾隆年间大贪官和珅府邸的后花园。园中假山水池、花草树木、亭台楼阁、回廊石舫应有尽有,而且设计别致,独具特色,其中还有不少典故传闻耐人寻味,大戏楼就是其中之一。走进大戏楼,给人的第一感觉就如同进入了明清时代的大茶馆,厅堂内整齐地码放着红木的八仙桌、大方凳,桌上摆着小食品和盖碗茶。所不同的是,大戏楼的所有梁柱上全部画满藤萝,坐在里面凉爽宜人,确有在露天的藤萝架下乘凉的感觉。听讲解员说,这是当时和珅为遮掩自己在室内看戏高于皇上的事实而想出的办法，后来成为他的欺君大罪之一。当时，为了满足戏楼内的音响效果，设计师还在戏台下预埋了九口大缸，使观众不用"麦克风"就可听清乐曲和戏文。

园内的假山奇石比比皆是，形态各异，尤以"邀月台"前的假山设计别出心裁。粗看似"二龙戏珠"，细看像"十二生肖"；山下的石洞内还藏有康熙为其母祝寿御题的"福"字。据导游介绍，园内所有的太湖石，都是通过大运河从江南运到通州，冬天再坐"冻床"经通惠河运到什刹海。可见当时和珅建其府邸时的奢侈和腐败。同时也证明历史上"和珅一倒，嘉庆吃饱"的传闻不无道理。听说恭王府花园自1995年开放以来游人络绎不绝，尤其是拍了《宰相刘罗锅》以后，参观者与日俱增，不但已收回修缮投资，还挣了好大一笔钱，这就是利用现代化手段进行宣传的效果。

图2　什刹海（王英杰摄）

图3　广化寺（王英杰摄）

可惜的是，这次来恭王府，只看到了花园却未进入府邸。只因"文革"中恭王府被中国艺术研究院和中国音乐学院使用，至今未能对外开放；所幸的是，中国艺术研究院与中国音乐学院大楼业已建成，房屋正在腾退中。真希望府邸与花园一样尽早对外开放，如果策划使用得当，又将是一笔不小的旅游收入。听西城的同志介绍，像这样的情况还有一个醇亲王府，如果下点功夫把它也开发出来，再拍个什么片子把它一宣传，同样会产生可观的效果。

这次考察的第二站，是什刹海旁现存的唯一庙宇广化寺，距今已有700多年的历史了。据说远古时代这里曾有十座古刹，所以得名"什刹海"。今天的广化寺虽也有僧人住持佛事，但有相当一部分为北京市佛协的办公区。也正是因为这样，这个庙宇在"文革"期间才得以比较完整地保存下来，但仍可见到许多"文革"时期留下的遗憾：庙宇东侧一座某研究所的五层办公楼紧贴庙墙而建，显得极不协调；在寺庙大门前原有的放生池处，矗立起一座三层的招待所，使这座原本面临什刹海的寺庙藏在阴山背后，叫人不识庐山真面目。

我们来到广化寺时，寺庙的住持怡学法师亲自到山门前迎接，并陪同我一起参观，与我合影留念。但使我奇怪的是，保持如此完好的寺庙，香火却不如杭州的灵隐寺和苏州的寒山寺，经询问才知，原来该庙只接待佛教信徒并未全部对社会开放。在我看来，随着时代的发展，国内外许多有名的寺庙都把开展旅游业作为创收的重要部分之一，既增加了收入又宣传了自己，使旅游、佛事相得益彰，何乐而不为呢？

在去广化寺的途中，我们乘车沿什刹海岸边缓缓而行，边看这"海"边的风景，边听导游同志的介绍。

看着这北京市内如此宽阔的一片碧水，看着这整旧如新的堤岸护栏，看着这岸边的桃花翠柳以及花柳丛中依稀可见的王府古刹、错落民居，不由得使我想起江南水乡正在蓬勃发展的"小城镇民俗文化旅游"。在我看来，它们的基础条件远远不如北京的什刹海，但由于领导重视、组织宣传得好，又想出许多有特色的花样，就像什刹海的"坐三轮游胡同"那样，已经挣到了许多钱。如果这里的领导加一把劲，再依靠大家多想些办法，把这里开发利用好，创造出更多的有特色的旅游项目，一定能获得丰厚的回报，富裕一方百姓，造福北京人民。当然，还需要市区政府给点政策，重点扶持一下。

一路经过的银锭桥，是什刹海上一座较为知名的白石桥，因为形似一枚倒放的银锭而著称，著名的燕京八景之一——银锭观山就出自此。人们站在银锭桥上，通过什刹海面的宽阔视廊，可清晰地看到北京西山的远景，尤其是夕阳西下的时候，那被彩霞映红的西山、岸柳、石桥和碧波荡漾的水面，美丽的景色可想而知。其他时间也应是蓝天、青山、碧水一幅秀美景色。但由于北京大气污染严重，这次我来什刹海只见到刚刚清淤后的碧水，却没见到蓝天与青山。据说这样的景色，目前也只有雨过天晴后的很短的时间内才能看到，可见北京的大气污染已达到非治理不可的地步。

说到"桥"，陪同我考察的汪光焘副市长特别为我介绍了一座什刹海地区最具代表性的桥——后门桥。它是元代初建北

图4　银锭桥（王英杰摄）

京时，确立北京古城中轴线的基点。可以说没有后门桥，就没有北京的中轴线，就没有当时的北京皇城，也就没有今天的北京。它是北京历史的见证，据说北京城的"北京"二字就最先出现在后门桥的桥墩上。据历史记载，最早的什刹海只是一个积水潭，元代的郭守敬引白浮泉水进京后，使这里水量大增，与南北运河沟通，形成了元代漕运的终点，被称为北京的古海港。南来北往的货船，都是通过后门桥进入什刹海的。那时，积水潭中舳舻蔽水，沿岸酒楼歌台林立，石桥两侧的集市热闹非凡。而如今，后门桥已逐渐被人们遗忘，周围被各类违章建筑和广告牌包围，幸存的两排汉白玉桥栏表面已被风化得剥落残缺，完全失去了昔日风采。可喜的是，北京市政府正在策划一套以修复"后门桥"为出发点的保护和开发什刹海景区的总体思路。汪副市长把它归纳为"以水起步、以路拓展、以房带绿、有机更新"的十六字方针。如果这一思路得以规划实施，在不久的将来，什刹海的面貌必将有一个显著的变化。

汪副市长在介绍情况时，特别强调了要通过修复后门桥亮出什刹海，让过路的人站在后门桥上一眼就能看到什刹海的水面，看到对岸的金丝套居民区和正在恢复开发的荷花市场。

说到这里，使我想起了现已拓宽的平安大道，什刹海的南沿和历史上的荷花市场正在这里。过去乘车经过北海后门就知道这里有一个北京最早的什刹海游泳池，许多比我年轻三四十岁的北京人都在这里游过泳，那时的"什刹海游泳池"路人皆知。后来这里盖成了一座体校，什刹海也被隐没得不那么显眼了，只有到了冬天，喜欢溜冰的人才偶尔想到去什刹海溜溜冰。

这次拓宽平安大道是一个很好的机遇，什刹海前面的违章建筑如果能被一并拆除，人们路过北海后门，一眼就能直接看到什刹海的宽阔水面了。听说什刹海管理处与体委系统还有一个更大胆的设想：拆除一部分旧有的房屋，恢复原有的荷花市场，招揽八方客商，使这个被人冷落多年的什刹海重新热闹起来。我看，各方面的积极性这样高，是个大好事，北京市的规划部门应该尽快帮助他们实现这一愿望。

　　其实，什刹海最不同于其他旅游景区的特色，就是它的人民性。它不但像杭州的西湖那样，沿湖布满了王府、寺庙、祠堂等名胜古迹；更可贵的是依水面而建弯弯曲曲的北京胡同和形成这些胡同的格局不同、档次各异、错落有致的民居、四合院。这次考察，由于时间和精力有限，我没能身临其境体验一下这里的市井民俗；但通过西城同志的介绍，了解到"坐三轮游胡同"民俗游览项目的火爆，已充分证明了老北京民俗文化底蕴颇深的地区，一定要保护好、利用好，要突出它的"特色"，要通过各种现代化的宣传手段，把它"亮相"在世人面前。我前面谈到我家乡的"小城镇民俗文化旅游"就是宣传工作做得好，才吸引了如此多的旅游者。听西城的同志说，他们正在此地区进行深入调研，计划再经一番努力把这里开发成为独具特色的"金丝套老北京胡同民居游览区"，这样不断地开发利用，一定会得到相应的回报。

　　为了让我更深刻地体验一下什刹海滨的老北京饮食文化，西城区的同志们还特地安排我品尝"烤肉季"的烤肉。这是一家紧邻什刹海银锭桥边的"老字号"。说起这个"老字号"，中华人民共和国成立前它并没有像样的门店，简陋得像个工棚，坐北朝南，大圆桌中间放一个铁支子，周围是几条长板凳，那时吃烤肉大都是围桌"自烤"，有点类似当今的自助餐。

新中国成立以后，人民政府为"烤肉季"盖了楼，又增添了许多清真特色菜，名气也就越来越大。听"烤肉季"的经理说，他们还想在门前设一座码头，安排一两艘专门的游船，让游客坐在船上边听音乐，边吃烤肉，边欣赏什刹海的风光。依我看，这位经理真是要把自己的生意做活起来。其实，什刹海滨的"老字号"不只"烤肉季"一家，什么"爆肚张"啦、"小楼杨"啦，还有梁启超、胡适、梅兰芳都去过的"会贤堂饭庄"。如果这些都恢复起来，并经营得像"烤肉季"那样好，定会给什刹海增添一道更为亮丽的风景线。

这次到什刹海的考察虽然时间很短，却使我感想颇多，受益匪浅。我看到了什刹海风景区蕴藏着的宝贵而丰富的历史文化旅游资源，看到了北京市、西城区各级负责同志保护和开发

图5　宋庆龄故居（王英杰摄）

利用什刹海的决心。

这次来什刹海之前我还了解到，我们民盟的同志也在这里做了不少工作，西城区民盟的同志们还成立了一个由专家学者组成的专门调研小组，几年来通过政协提案和专题研讨等方式为什刹海的保护、开发、利用出了不少主意，想了许多办法，这就是最好的参政议政。这次民盟北京市委的主要负责同志陪同我一起考察，我希望他们能动员更多的力量，帮助中共北京市委、市政府的领导把北京市旧城改造的这篇大文章做好。

我相信，通过北京市的各级领导、各民主党派和广大群众的共同努力，在不久的将来，什刹海这一蕴含着丰富北京民俗风情和古都历史风貌的水域，必将放出更加夺目的光彩。

1999 年 8 月

（费孝通，著名社会学家、民盟中央原名誉主席。）

忆费孝通游什刹海的那些事

费平成

去年11月2日是我五叔费孝通诞辰110周年的纪念日。

近日,中央广播电视总台综合频道,正在热播一部反映新时代北京市民小康生活和精神风貌的电视连续剧《什刹海》,不禁使我想起21年前由我牵线搭桥实现"费孝通游什刹海"的那段往事。

1996年年初,我被调到北京市的民盟西城区委任常务副主委。由于民主党派参政议政的职责所在,我有幸参与了多项有关西城区发展规划的调研活动。其中"如何恢复保护什刹海景区的历史风貌,开发利用该景区的旅游资源",是当时民盟西城区委与西城区什刹海研究会共同调研的重要科目之一。

为了搞好这项调研工作,时任市政协副秘书长的朱尔澄介绍我认识了当时任什刹海研究会会长的赵重清。赵重清是上一届西城区的老区长,离任后到什刹海研究会担任会长,全身心投入到什刹海景区的保护、开发、利用的工作中。

通过他的介绍,使我和民盟调研组的成员对什刹海的历史和现状有了初步的了解。我们还在他的安排下游览了什刹海的前海、后海、西海及后门桥、银锭桥、荷花市场、烟袋斜街、参观了恭王府、广化寺、火神庙、宋庆龄基金会、郭守敬纪念馆等已开发或亟待开发的景点，考察了什刹海的部分胡同民居。

通过深入调研，我们深刻地认识到什刹海与北京城的重要关系。即没有什刹海，就没有北京的中轴线，就没有历史上的元大都，也就没有今天的北京城。

经过三年多的深入调研，在什刹海研究会的大力协助下，民盟西城区委以党派提案的形式，向西城区政协提交了"关于什刹海历史文化街区保护、开发、利用的调研报告"和"什刹海历史文化街区保护、开发、利用的远景规划建议案"等多项提案，受到西城区有关部门的特别重视。

同时，我与赵会长的关系也愈加密切。在1998年年底的一次会面时，他向我转达了西城区的领导为了扩大"什刹海景区保护、开发、利用远景规划"的影响力，欲邀请费孝通老先生于次年春暖花开时来什刹海一游，并听听他老人家对该远景规划的意见和建议。

为了实现西城区领导的这一愿望，作为费老的侄子，我利用元旦、春节两次探望五叔的机会，向他汇报了我几年来在西城区参加什刹海调研项目的简要情况，并代表中共西城区委的领导，向他老人家发出邀请。

当时的费孝通已经89岁，不久前刚从全国人大常委会副委员长的职位上退下来。作为世界知名学者、中国社会学的领路人，为了实现"志在富民"的初心，对于探索和总结中国不同民族、区域社会经济文化发展模式的调研却从未止步。解放初期，他曾是梁思成领导的第一届首都城市规划委员会的成员之一，也是最早想把北京的现代化建设，同它古老的文化传统和谐结合起来的人中的一个。

我的汇报引起老人家极大的兴趣。他高兴地对我说，自己恢复工作20多年来，虽然一直在全国各地视察、调研，但从未在北京，尤其是自己住家附近的景区观光游览过。这是一次考察了解北京历史文脉的极好机会。因此，他欣然接受了西城区领导的诚挚邀请。

1999年4月21日的北京风和日丽，早上八点半我即赶到费老在北太平庄的住所。老人家这天精神特别好，一早起来吃完早餐即做好了出发的准备。八点三刻在家人及工作人员的陪同下，驱车前往什刹海。

从北太平庄到什刹海仅十来分钟的车程，九点前我们即来到柳荫街北口的社区办公楼前。在这里与这次陪同考察游览的民盟北京市委、西城区委的领导会合，由什刹海管理处的同志安排各位贵宾，乘坐"胡同游"的三轮车前往恭王府花园。

在恭王府花园门口迎候费老的，有西城区的区委书记、区长、人大常委会主任、政协主席、什刹海研究会会长，负责北京市城建工作的副市长汪光焘也特地赶来陪同费老考察游览什刹海。

费老考察游览的第一站就是恭王府花园。当时的恭王府府邸还由中国音乐学院和中国艺术研究院使用，无法对外开放。在讲解员的引领下，来宾们首先参观了花园大门内的影壁石和蝠池；然后到大戏楼观看精彩的戏曲、杂技艺术表演；随后又到后山邀月台下面的假山石洞里，观赏洞内康熙为其母祝寿所题的"福"字碑；最后浏览了王府西侧的方塘、湖心亭。

出了恭王府花园的后门，一行人乘车沿后海北沿儿，途经宋庆龄基金会前往广化寺。途中，费老看到后海如此的水面，感慨万分。他在后来发表的《春游什刹海》的文章中写道:"在去广化寺的途中,我们乘车沿什刹海岸边缓缓而行,边看这'海'边的风景,边听导游同志的介绍。看着这北京市内如此宽阔的一片碧水,看着这整旧如新的堤岸护栏,看着这岸边的桃花翠柳以及花柳丛中依稀可见的王府古刹、错落民居,不由得使我想起江南水乡正在蓬勃发展的'小城镇民俗文化旅游'……如果这里的领导加一把劲,再依靠大家多想些办法,把这里开发利用好,创造出更多的有特色的旅游项目,一定能获得丰厚的回报,富裕一方百姓,造福北京人民。"

广化寺是这次考察游览的第二站。寺庙的住持怡学法师早已在大门前迎候。费老一行人到来时,他以僧人在胸前合掌作揖的方式向费老及来宾们表示欢迎,并陪同大家参观。

图1　住持怡学法师与费老握手

他介绍，广化寺是什刹海畔唯一保存完好的古刹，至今已有700多年的历史。因是北京佛教协会的所在地，平时并不对外开放，故在"文革"中得以完整保留，但寺庙周边环境却让人担忧。一些单位在此建设办公楼、招待所，将原本面临什刹海的广化寺藏在了阴山背后。而且这些现代建筑与广化寺的古建筑群极不协调，直接破坏了什刹海的整体景观。当下，广化寺仍未对外开放，只是每月初一、十五开展佛事活动，允许信奉佛祖的居士前来诵经参拜，终年香火不断。

出了广化寺直奔银锭桥。"银锭观山"是著名的"燕京八景"之一。虽然这天的北京风和日丽，但由于那时的空气污染严重，远处的西山却被蒙在一片迷雾中，怎么也看不清。

据导游介绍，由于大气严重污染，很长时间以来，只有下过大雨，空气被冲刷干净后的短暂时间里，才能看到远处的西山。目前，北京市政府已下决心大力治理环境污染，估计在不久的将来，能够让"银锭观山"的美景再现于世。

在导游的引导下，费老一行被邀请到银锭桥边北京知名的老字号"烤肉季"。餐馆的二楼大厅已被布置成一个小型研讨会的会场。大家落座后，首先由区长王长连代表西城区和什刹海管理处、研究会向费老以及民盟市、区委的领导前来什刹海，表示热烈的欢迎，并向费老赠送了纪念品——康熙手书"福"字碑拓片的装裱画轴。

随后，由什刹海管理处的负责同志向大家简要地介绍了目前什刹海景区的现状，及如何保护、开发、利用什刹海历史文化景区的设想与规划。

接着，汪光焘副市长发言，他说：什刹海的后门桥是北京

图2　北京市西城区区长王长连代表西城区等领导向费老赠送康熙手书"福"字碑拓片的装裱画轴

城市初建时的"原点",因此留在什刹海的历史遗存十分丰富,是老祖宗留给我们的宝贵遗产,我们一定要把它保护、开发、利用好。北京市正在制订和实施什刹海及周边地区的近期和长远的保护开发计划。比如,腾退和修复恭王府、火神庙;拆除后门桥周边的违章建筑,亮出什刹海水面;整治烟袋斜街和荷花市场;等等。相信什刹海景区在不久的将来就会有一个让人耳目一新的显著变化。

随后,民盟北京市委副主委王维城、民盟西城区委主委赵大恒也相继发言,表示民盟将充分发挥民主党派参政议政的职责,组织有专业知识的盟员配合什刹海方面开展更加深入的调研,在保护、开发、利用什刹海历史文化遗存的工作中,出主意、想办法,发挥作用。

图3　费老与北京市副市长汪光焘（左）、市人大常委会副主任王维城（右）亲切商谈什刹海的开发与利用

费老听了各方的意见后，十分欣慰，即席发言表示了自己的态度及心愿。他首先感谢西城区的领导邀请他来什刹海参观游览，给了他一次考察自家住所附近区域内的"老北京历史文化"遗存的极好机会。

他说："你们是西城区的'父母官'，对自己辖区内的文物保护和开发利用如此用心，使我这位终生致力于国家、社会进步发展的耄耋老人看到了希望。

"特别是我的老朋友汪光焘副市长以及民盟北京市委、西城区委的负责同志，陪同我一起考察游览什刹海，说明北京市的领导和社会各界对于北京历史文化遗产的保护、开发、利用工作的重视。

"对于什刹海的情况，我的侄子费平成曾给我简单介绍过一些。这次亲身到这里实地考察一下,又听了你们的情况介绍,我对什刹海的了解又加深了一大步。什刹海有水、有桥、有寺庙,还有这么多王府、名人故居和'老字号',蕴藏着极其丰富的历史文化旅游资源。

"通过交流座谈,我看到了北京市、西城区各方面的负责同志对保护、开发、利用什刹海的决心,也希望民盟北京市委和民盟西城区委能动员、组织更多的力量,出主意、想办法,帮助中共北京市委、市政府把北京市旧城改造的这篇大文章做好。"

座谈会后,接待方特地安排费老一行品尝"烤肉季"具有百年历史的特色烤肉。

用餐前,"烤肉季"的经理特别向来宾们介绍了"烤肉季"的历史和现状,以及对今后发展的设想。这不禁让人回想起昔日什刹海畔热闹火爆的景象,也随想出不久以后什刹海景区美好灿烂的未来。

用餐后,经理向费老提出一个请求,希望费老能为"烤肉季"题字留念。费老欣然应允,当即提笔为烤肉季留下墨宝:"银锭桥观山一景,烤肉季烤肉一绝。"时至今日,这幅费老题字仍悬挂在"烤肉季"的二楼厅堂里,成为费老留给北京老字号餐馆的唯一一幅墨宝。

事后,老人家专门撰写了一篇《春游什刹海》的文章,发表在《光明日报》1999年8月的某期上,以示纪念。

费老游什刹海的这档事,过去已有二十多年之久,今日的什刹海早已面貌一新。当年的设想与规划,许多已成为现实。

后门桥周边经过拆违整修,展露出碧波的水面,新建了金锭桥，亮出了什刹海。腾退重修的火神庙焕然一新，与后门桥遥相呼应，相得益彰。

"银锭观山"又恢复了历史的原貌，每天夕阳西下时站在银锭桥上远眺西山，在火红的晚霞映衬下，它就像一幅浓墨重彩的写意画，展示在路人面前，不愧为"燕京八景"之一。

恭王府腾退重修后，成为北京城内最受游客青睐的旅游景点之一。尤其是节假期间，中外游客纷至沓来，其火爆程度堪比故宫、北海、颐和园。

"坐三轮游胡同""乘篷舟游三海"早已成为什刹海旅游的特色项目。"银锭桥观景""烤肉季尝鲜"以及"荷花市场的夜生活"业已成为游什刹海的备选项目。

随着旅游业的发展，什刹海地区居民的生活也发生了明显改变。政府加大了胡同、民居、四合院的整治力度，许多院落的生活设施得到了改善。一些有条件的住户开起了餐馆、小卖店，有的还开起了民宿，接待中外游客。正像电视剧《什刹海》展示的那样，他们正以崭新的面貌，沿着全面实现小康的道路，奔向更加美好的明天。

为纪念费孝通诞辰 110 周年而作
2021 年 7 月 21 日

（费平成，著名学者，曾就职于民盟中央机关，后承担起北京市西城区民盟的民乐队组织工作。）

恭王府与什刹海研究会

吴 杰

文化和旅游部恭王府博物馆(以下简称"恭王府")已成为依托自身的历史和文化,发展从弱到强,在社会主义文化市场中社会效益和经济效益俱佳的代表,起到了作为文博界国家队的示范作用。

回顾恭王府发展史,我们千万不能忘记以敬爱的周总理、谷牧同志、李岚清同志为代表的历任领导为恭王府向社会全面开放的接续努力;不能忘记以周汝昌先生为代表的红学家对《红楼梦》的深入研究,以及基于此研究成果,1962年由《北京日报》记者吴柳先生写的《京华何处大观园》在文化领域吹响恭王府对社会全面开放的号角;不能忘记以朱家溍、单士元、杜仙洲等文博和古建专家及社会有识之士为恭王府开放摇旗呐喊,及矢志不渝所做出的具有历史意义的贡献,使全中国人民能够看到作为祖国源远流长的历史和文化中的王府文化,作为享誉世界的《红楼梦》文化,依托这两个文化,恭王府搭建起了与全社会和世界沟通的桥梁。同时我们也不能忘记为恭王府全面开放而奉献的各方面人士,如其中的代表——西城区什刹海研究会(以下简称"研究会")。

一、什刹海研究会

"文革"结束后，文化立区、文化强区成为西城区拨乱反正的突破口，一是依托西城区四中、八中等优秀教育资源发展教育；二是依靠社会主义市场经济建设开发金融街，为文化强区提供了雄厚的资金；三是依托源远流长的什刹海文化资源，在文化强区方面做一些开创性的工作。而中央对社会全面开放恭王府，为西城区提供了契机。在此情况下，研究会应运而生。为了使研究会在区里和中央单位沟通方面有一定话语权，明确今后研究会会长由西城区退下来的主要领导担任。

二、与什刹海研究会建立联系

我曾经在西城区工作，与西城区各级领导有工作接触。我于1997年调恭王府管理处任副处长，康明同志任处长。为了进一步推动恭王府花园开放工作，需要管理处与西城区有关方加强接触，争取支持。此时，20世纪80年代与我在西城区有过良好合作关系和工作接触的同志，有的已从街道党委书记成为西城区委书记，有的从西城区副区长调到国务院重要部门任职。他们对恭王府迟迟不能对社会开放一头雾水，无能为力，但是只要有可能，他们愿意为恭王府尽快对全面开放做点力所能及的贡献。

他们通过各种形式表达对恭王府开放工作的支持。一是区领导要求什刹海研究会代表区政府加强同管理处的联系，及时准确地了解和反映恭王府的诉求。1997年后，随着恭王府游客增加，扰民和民扰，以及停车难和行车难等矛盾日益突出。这些问题通过研究会被及时反映到区政府，区政府态度是不能因噎废食，协调公安、交通、城管、街道办事处等多部门力量，为了保住处于良好发展势头和拥有巨大发展潜力的恭王府，没有采取简单的堵的办法，而是不怕麻烦，用疏的方式化解各种矛盾。如为了解决停车难的问题，西城区政府果断拆除了隶属于西城区位于前海西街西口、柳荫街南口、三眼井北口的副食商店和餐厅等建筑，将此改为停车场，有力缓解了游览恭王府时停车难的问题。二是通过各种关系加强与恭王府的联系，在与西城区朋友交谈过程中，他们表示愿意出面，动用西城区与各方建立起来的良好关系，支持和推动尽快开放恭王府的工作。三是责成研究会代表区政府做好工作，又要防止逾越，处理好中央与地方的关系，牢牢把握服务的总方针，为文化兴区战略做出贡献。

三、研究会主动作为

当时研究会会长是西城区老区长赵重清，他接受任务，当得知占用恭王府的单位搬迁工作遇到困难后，主动开展工作。

（一）新华社香港分社原社长周南同志出手促开放

研究会找到聘请的名誉会长、新华社香港分社原社长周南同志，请他出面找谷牧同志，进一步推动完成周总理遗愿，尽快实现对社会全面开放恭王府的工作。当周南同志知道开放恭王府是周总理的遗愿，恭王府是《红楼梦》里的大观园，历史和文化底蕴相当深厚,以及老领导谷牧同志为恭王府所付出的艰苦努力后,他毫不犹豫欣然接受,并亲自致信谷牧同志,推动恭王府尽快开放。在过去的岁月里,周南同志在工作中与谷牧同志建立了彼此信任的良好关系。2000年12月27日,谷牧同志收到周南同志的信后,亲自回信:"大札收悉,嘱办的事我一定照办,但找熟悉北京情况的朋友,现正在国外,大约十天后,才能回国,请稍等勿急。"谷牧同志在给周南同志的信中明确答应为进一步推动恭王府全面开放工作,他将再次到恭王府视察。为了做好此次视察工作,他将邀请有关领导和周南同志陪同。

经过几个月的筹划,2001年3月18日上午谷牧同志在周南和时任北京市副市长汪光焘同志的陪同下再次到恭王府视察,并就完成周总理遗愿,尽快对社会全面开放恭王府做了重要指示。陪同视察的还有时任西城区区长王长连、研究会会长赵重清同志等。

谷牧同志在视察中讲:"开放恭王府是周总理交给我的任务,看来我是看不到恭王府开放了,恭王府不开放,我无法向周总理交代啊,恭王府不开放,我死不瞑目。"并对汪光焘说:"三年搬迁完占用恭王府的单位,对社会开放恭王府,这个任务就交给你了。"(编者注:根据会议记录)回去后汪光焘同志在市委会上向时任中央政治局委员、北京市委书记贾庆林同志做了汇报,贾庆林同志说:"请转告谷牧同志,北京市一定支持恭王府全面开放工作。"贾庆林同志这个关于支持恭王府全面开放工作的指示,为以后中国音乐学院附中搬迁出恭王府埋下了伏笔。周南同志受研究会邀请,亲自出面请谷牧同志再次视察恭王府，并不顾身体病痛陪同谷牧同志视察，为后续推动占用恭王府的中国艺术研究院和中国音乐学院附中搬迁，以及公安部6户居民的搬迁，实现恭王府对社会的全面开放立下汗马功劳。

（二）接受老领导委托，马凯同志啃最硬骨头，出手促开放

恭王府能否实现尽快对社会全面开放，取决于占用恭王府的文化部所属的中国音乐学院和中国艺术研究院的搬迁。

首先搬迁中国音乐学院。20世纪80年代，谷牧在国务院工作期间拨款几千万元，率先解决音乐学院搬迁用地和新址建设问题。这是"文革"结束后，为了完成周总理对社会开放恭王府遗愿，为了能让《红楼梦》中的大观园展示在世人面前，在国家百废待兴、资金十分困难情况下，当时国家对文化的最大投资项目。

其次，中国艺术研究院的搬迁更是难上加难。中国艺术研究院新址建设是谷牧同志退到全国政协后，亲自请国务院副总理姚依林予以支持，解决了中国艺术研究院新址建设问题。

2000年，中国艺术研究院新址建设重新起步，在搬迁指日可待的情况下，毫无希望的附中搬迁却因教育体制改革，中国音乐学院和附中划归北京市，使附中搬迁迎来了峰回路转。经及时与研究会沟通，加上研究会会长赵重清已知道市委书记贾庆林同志在听汪光焘同志陪同谷牧同志到恭王府视察汇报后，在市委会上对恭王府全面开放工作的指示，赵重清同志马上答应出面找有关领导解决附中搬迁问题。

几个月后，赵重清会长找到我，说已找到原西城区副区长，现任国务院副秘书长的马凯同志。他说，马凯同志在西城区工作期间，就对恭王府开放工作十分关心，而且他特别喜欢读《红楼梦》，愿意为恭王府开放做点力所能及的事情。赵重清相信马凯同志肯定能做成。

对此我是将信将疑，毕竟前面有那么多中央领导都关心过，特别是1989年刚到中央任常委的李瑞环同志就风尘仆仆来恭王府视察，并做出重要指示，到1997年李瑞环同志再到恭王府四川饭店用餐，管理处处长康明同志抓住机会简短汇报恭王府开放工作后，李瑞环同志无奈，形容占用恭王府单位搬迁工作是"三国四方"。其间李铁映等都做出过批示和视察，推动起来都那么困难。对时任国务院副秘书长的马凯同志，我是持怀疑态度的，而且附中搬迁经费最少也得上亿元，北京市能否出此巨大资金都是问题。赵重清同志还希望我帮他起草一份关于恭王府开放情况，特别是中国艺术研究院搬迁出恭王府已成定局，而北京市主管的附中能否完成搬迁关系恭王府全面开放工作成败的情况汇报。

马凯同志接到赵重清会长的信后，当即做出了批示：请孙家正、刘淇予以解决。时任北京市市长的刘淇同志当即批转给市规委、文物局：将附中列入搬迁计划，按时限完成任务。

接到刘淇批示后，时任北京市副市长的张茅立即派市规委副主任魏成林，市计委、市教委、市文物局有关领导到附中召开落实刘淇市长批示的现场办公会，文化部计财司、管理处、音乐学院及附中领导参加了会议。至此，占用恭王府最后一个老大难单位的搬迁被提上议事日程。

2003 年，恭王府管理中心成立，调谷长江同志任主任，标志着恭王府迎来新的发展机遇。在谷主任的领导下，恭王府全面开放工作健康有序地推进，各项事业蓬勃发展，周总理对社会全面开放恭王府的遗愿终于可以实现了。阻碍 2008 年奥运会前对社会全面开放恭王府的难题全部化解，北京市搬迁工作重回快车道。

2006 年夏季，占用恭王府的最后一个单位完成了搬迁，为 2008 年奥运会前完成府邸文物保护修缮工程，实现对社会全面的开放赢得了宝贵时间。

至此，历时 20 多年占用恭王府的单位和居民搬迁工作基本结束。在时任国务院副秘书长的马凯同志及北京市主要领导批示后，为了完成周总理对社会全面开放恭王府的遗愿，为了保护好北京的历史和文化，丰富北京人民的文化生活，为 2008 年召开奥运会，北京市用自有资金，仅用 5 年时间就完成了附中搬迁工作，由此可见北京速度和北京的执行力。我们千万不要忘记那些为恭王府对社会全面开放而呕心沥血的同志，没有他们就没有恭王府的今天，恭王府今天的景象来之不易，我们更有责任保护好它和珍惜它。

2008 年，恭王府对社会全面开放后，邀请已任国务委员、国务院秘书长的马凯同志前来视察。马凯同志兴致勃勃地视察了恭王府，表示会继续积极支持恭王府的全面开放工作，并愿意为恭王府开放建言献策。

2009 年 1 月，时任国务委员兼国务院秘书长、中央国家机关工委书记的马凯同志在春节前看望红学泰斗周汝昌先生后，致电恭王府，希望恭王府领导去看望周汝昌先生，另外希望在恭王府内开辟专门展室，举办《红楼梦》文化展。随后，恭王府管理中心主任孙旭光和我共同探望了周汝昌先生。回来后即安排展室举办红楼文化展。马凯同志还积极参加了恭王府举办的活动。

2008年，恭王府全面开放前夕，文化部和恭王府邀请已从领导岗位退下来的李岚清同志到恭王府视察。李岚清同志听取恭王府开放工作的情况汇报，对恭王府开放工作表示满意。参观后他亲自致信此时已在病榻上的谷牧同志，告诉他恭王府开放已"大功告成"。

四、现状及未来展望

我们要继续加强与属地政府和研究会的合作，我们要借着北京疏散城区人口的契机，与区政府和研究会合作，争取将恭王府附属建筑福善寺收回，眼前最重要的是将已知家庙碑收回展示。家庙碑文将会继续推动恭王府历史文化研究和文物保护工作。另外，恭王府作为国家级王府博物馆，应在有条件的情况下，认真研究营造学社实测图的基础上，进一步全面恢复恭王府本来面目。同时在有条件的情况下，启动恭王府二期工程，建设王府博物馆，真正发挥国家级王府博物馆的作用，充分展示几千年流传下来的中国的王府文化，将那些学有所成、愿意静下心来研究王府文化的专业人员组织起来，使恭王府不仅是恭王府博物馆，而且也是王府博物馆，使博物馆成为王府文化研究中心和展示中心，进一步将恭王府博物馆做大做强，永远立于不败之地，成为博物馆事业的佼佼者，成为文化系统依托文化强府的强者，成为依托文化取得良好社会效益和经济效益俱佳的示范单位，为国家增强软实力贡献一份力量。

目前恭王府已对社会全面开放，取得了社会效益和经济效益的双丰收，真正体现了文化战略的重要性。恭王府文物保护修缮工程全面启动，恭王府经济效益和社会效益在文旅部直属单位中名列前茅，在职职工和退休职工共享恭王府开放成果。回想这段不平凡的历程，我们抓住了历史给恭王府全面开放的最后机遇。正是因为他们，才有了恭王府的今天。恭王府的今天确实来之不易，我们要倍加珍惜，恭王府的保护和开放任务还十分繁重，任重道远。

吴 杰
2023 年 4 月 23 日

（吴杰，原文化部恭王府管理中心党委副书记。本文根据本人记忆整理，我始终保持客观态度，坚持实事求是的原则，但是因为已退休 10 年，难免存在问题，敬请谅解。在这里我还要感谢周南同志的秘书朱兴柱同志提出的宝贵意见。）

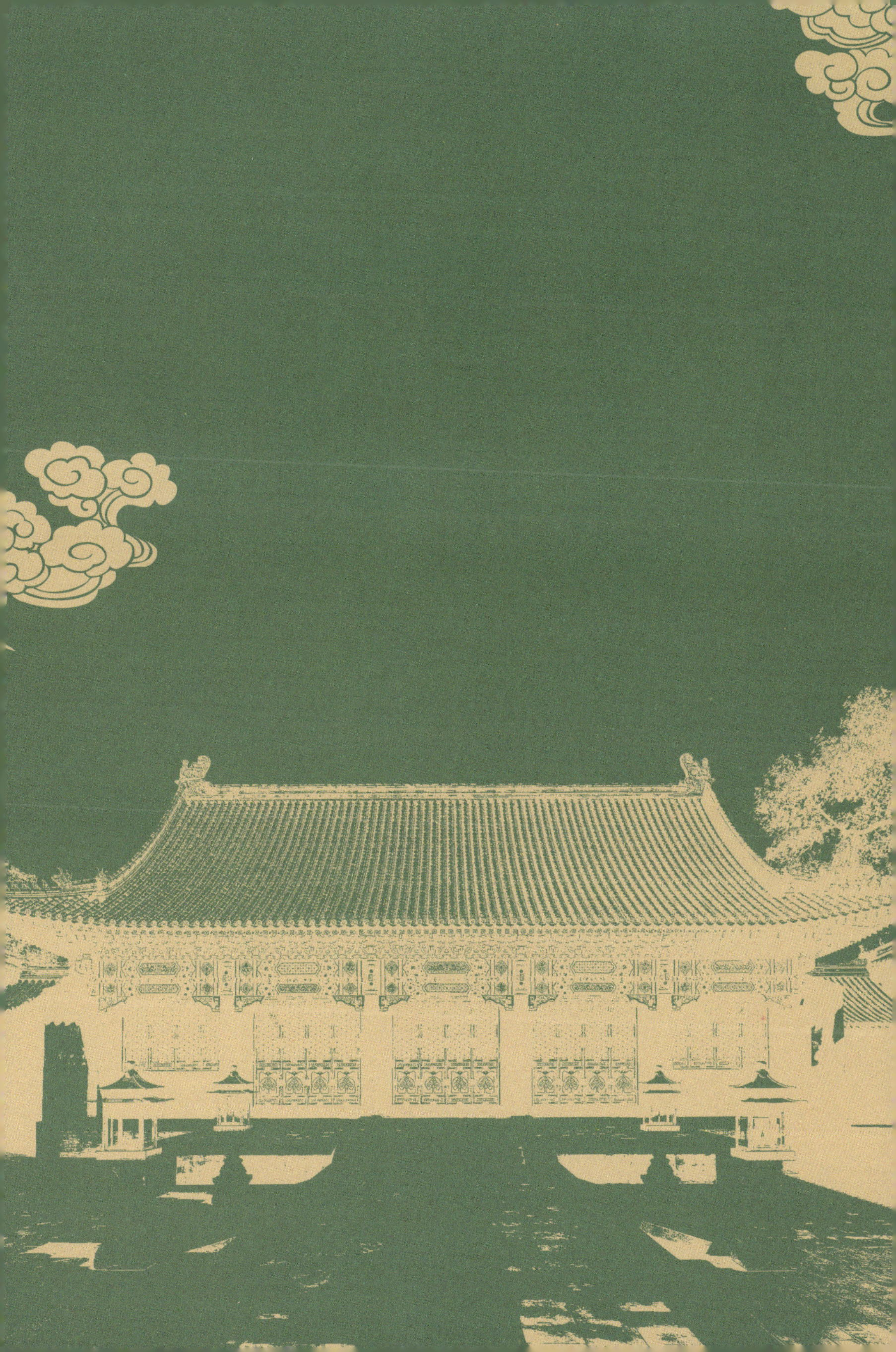

走进恭王府
——考研与读研

田 青

一

过去，提到恭王府，人们就会想到中国艺术研究院，因为中国艺术研究院和中国音乐学院都曾在那里办公，中国艺术研究院研究生部也设在这座古老的王府，那里曾经是全国文艺青年向往的地方。

走进恭王府是不容易的，这要从头说起。1968年春，我从天津市梨园头中学"上山下乡"到黑龙江省哈尔滨市郊区向阳公社黄河大队插队落户。1973年，大学招收"工农兵学员"首次提出在"贫下中农推荐"的基础上增加"文化考察"，给一些有一定学习基础的"知识青年"增加了求学的机会。在此之前的两次推荐"工农兵学员"，我都因为表现好而被小队、大队推荐上去，但两次都在公社被替换成别人。这次，天津音乐学院与天津美术学院合并后的"天津艺术学院"到东北招生，我交了两首自己作词作曲的四部合唱和两幅速写，同时报了音乐系和美术系。作品提交后不久，即接到要我去哈尔滨师范学院面试的通知。当时的主考官即后来担任天津音乐学院作曲系主任的杨今豪教授。面试很顺利，"视唱练耳"考试之后，杨先生考了我一些简单的和声知识，问我跟谁学的和声，我说："跟斯波索宾。"他知道我在农村劳作期间还能仅凭一本借来的斯波索宾的《和声学》自学，颇为赞许。他当时就跟我说"你不要再考美术系了"，意思就是作曲系很有希望。没想到，那一年出了一个"白卷先生"张铁生，引起对"旧教育制度回潮"的大批判，"文化考察"成绩作废，我以为又没戏了，幸运的是艺术与体育专业仍然要"参考"业务考试成绩，于是，我得以顶着"工农兵学员"的帽子进入天津音乐学院作曲系学习。

当时的"工农兵学员"上大学，基本学制不超过 3 年，但天津音乐学院的领导和教师们以作曲系课程繁多为由单把作曲系的学制延长到 4 年。那时，天津音乐学院还没有音乐学系，也没有正式开设音乐理论专业的课程，作曲系主要是学习"四大件"（作曲、和声、复调、配器）。1976 年，缪天瑞院长和杨今豪主任为了未来课程的需要，根据我的文史基础和对中国古代音乐史的爱好，决定培养我在音乐学方面发展，于是打破常规，安排我到北京中央音乐学院听课并跟音研所的黄翔鹏先生学习。黄先生是中央音乐学院的老人（中央音乐学院 1949 年成立于天津，院址即现在天津音乐学院所在的河东区十一经路，1958 年迁至北京，留下一部分与河北艺术师范学院合并，即现在的天津音乐学院），在作曲系毕业并长期任教，对为老单位培养后辈欣然允诺。当时的社会氛围和人际关系是现在的年轻人无法想象和很难理解的，虽然我第一次去见黄先生时拿着天津音乐学院的正式介绍信和缪院长的便条，但天津音乐学院和音研所并没有委托代培的合约，也没有给过黄先生

图1 时任天津音乐学院院长的缪天瑞先生

图2 黄翔鹏先生

一分钱的报酬,我这个"私淑弟子"居然也从没有给过黄先生任何一点"孝敬",倒是经常"蹭"黄先生的饭。

学校在安排我去北京学习的同时,还安排我给下一班(三年级)的同学"试讲"中国古代音乐史的课程。真的是"现趸现卖""急用先学"。那段时间里,我差不多两周一次去北京的音研所找黄先生求教。黄先生对我的教学方式是让我自定研究方向和选题,充分利用研究所图书馆,自己看书、编讲义、写文章,有问题随时请教。现在还记得第一次去东直门外左家庄新源里西一楼的音乐研究所是在盛夏,研究所地处城乡接合部,周围还都是农村的菜地,似乎刚施过"有机肥",空气中弥漫着一股浓浓的粪味儿。在我和许多音乐学者心目中圣殿一般的"音研所",包括住在西二楼的杨荫浏、曹安和等老先生,就在这"接地气"的"氤氲"包围中,也难怪音研所至今仍然传承着到四野八荒做"田野工作"的优良传统。

我每次去音研所都是乘天津到北京的早班车，好像是6:15发车，我爬起来先乘8路公交车到东站，在站口早点铺吃上一碗馄饨再上车。中午用黄先生给我的饭票在音研所一楼的食堂排队打饭，能与我心目中无限高大的老师们同桌边吃边聊，受益匪浅。晚上再乘北京至天津的末班车回津。夏天还好，冬天的时候，真的是"三更灯火五更鸡"。至今，那天津东站（旧称"老龙头车站"）夜幕中的灯光和站前早点铺馄饨的香味，依然清晰而温暖。而黄先生清癯、生动的容貌以及音研所同事之间温婉、和谐的关系，更是铭记于心，历历在目。

1977年，我毕业留校正式担任"中国古代音乐史"课程的任课教师，我的毕业作品就是在此期间写作的我的第一本书《中国古代音乐史话》。1979年，该书开始在上海音乐出版社《音乐爱好者》杂志连载。同年5月，我携论文《音乐史中的唐明皇》赴京参加改革开放后中国音乐学界召开的第一个学术会议"中国音乐史工作座谈会"，系与会者当中年龄最小者。1980年，中国艺术研究院成立研究生部，开始招生。黄先生第一时间给我写信，嘱我报考。我当然高兴，即刻拿着黄先生给我的信去找缪院长。缪院长看过信，抬起头来，用他一贯平缓的语调柔声问我："你……走了，这课谁教呢？"他似乎在问我，又似乎在问自己；他没有答应我走，也没有说我不能走。但是，他那至今在耳的柔软的南方普通话却让我无法只考虑自己的前程。毕竟，老院长和学校培养了我，我不能知恩不报、说走就走。我沉吟片刻，伸手拿回缪院长手中的信，也只低声说了一句："算了，我不去了，在哪儿都能学习。"

那时候中国艺术研究院研究生还不是一年一招，第二届的招生已是1982年，而此时缪院长已先调至中国艺术研究院任顾问并在音乐研究所开始主编《中国音乐词典》了。当时的院领导不会不放我走，只要作曲系主任签字就没有问题了。杨今豪先生是系主任，也是我生命中的第一个贵人，是他把我从东北农村招来，是他发现我略通文墨而破例培养并让我在四年级时即为三年级同学上课，从而"顺理成章"地留校任教。我能够在编写讲义的基础上写作我的第一本书，也是由于他的鼓励，当时他的一句话"看三本书，就应该能写一本书了"，如禅宗的当头棒喝一般打碎了我对"写书"的迷信。但是，他会放我走吗？

也是机缘凑巧，我要在报名材料上找领导签字的时候他出差了，于是，我找到他的"搭档"、时任作曲系书记的丁辛同志签字。丁书记是新中国成立前参加工作的老革命、老音乐工作者，他说"好啊，读书是好事"，痛痛快快签了字。后来听说杨先生出差回来后二位还为此事有所龃龉，但我自认为在天津音乐学院读书四年教书四年，算是功德圆满，于是心安理得地开始准备研究生考试了。

二

研究生学习的生活可忆者甚多，其中最可贵、最值得珍惜，也是对我们之后的学术生涯深有影响的是不同专业的学生一起集中生活和上大课的经历。当时的学生都住在今天的恭王府博物馆行政楼。这个楼在恭王府主体的东侧，是一栋新建筑。当时，楼下是食堂和库房，楼上两侧被分割成多间宿舍，两三人一间。中间围起一间教室，其外的厅里摆着两张乒乓球台。此楼没有厕所，

图3　杨荫浏先生

只在最里边的走廊里设有一排自来水龙头,可在此洗漱,方便时要下楼穿过被称为"夹皮沟"的平房到紧贴南墙的公共厕所。乒乓球台鲜有人打球,吃饭时同学们就围坐在球台周围,边吃边高谈阔论。20世纪80年代,思想空前解放,各种新思想纷至沓来,如涌如潮,波翻浪卷。来自全国各地不同专业的学生,又正值风华正茂、指点江山、抱负远大之时,可想而知会有多少精神的碰撞和互相的启发、激励,又会有多少有趣的对话与交流。

和今天硕士、博士满大街不同,当时的研究生尚属"珍稀动物"、社会精英,不但每个学生都十分珍惜这个深造的机会,自觉刻苦学习,而且还形成了一个非常好的学习氛围;研究生教育也得到文化部和研究院的高度重视,那时的艺研院兵强马壮,一代英才大家俱在,各所都选派了最好的学者授课,张庚、郭汉城、王朝闻、杨荫浏、缪天瑞、冯其庸、李希凡、陆梅林

图4　研究生期间于颐和园集体留影

等这些令我们仰慕许久的先生都曾经为我们上大课。这些大师级的人物专业不同，风格迥异，可谓"各美其美"，讲课时有的逻辑严谨、学养深厚，旁征博引、经天纬地；有的才高识广、纵横洒脱，如川似瀑，口吐莲花。能有幸端坐座下高山仰止、亲闻其声，对我们这些年轻学子来说，无疑是如沐甘霖、醍醐灌顶，是难得的福报。

美学家王朝闻的理论源于他广博的艺术实践，最早四卷本的《毛泽东选集》封面的毛泽东侧面像即他的雕塑作品。他上课的开场白用他的"川普"（四川普通话）自我介绍"我叫王朝闻，是'朝闻道夕死可矣'的zhāo闻，不是'包公放屁——王朝闻'的cháo闻"，比现在所有脱口秀的"梗"都精彩，当时令人喷饭，其后何时想起，何时莞尔。他不是音乐系的导师，但与我有夙缘。早在我入学前的1982年的3月21日，我曾致函王朝闻先生质疑一个当时已成定论的美学问题，对其主编的《美学概论》中"情感成为音乐的内容，必须不是纯粹个人的、偶然的，而是带有社会普遍性的、可引起共鸣的，同时又必须与一定的音响变化相适应，符合乐声的规律性"的观点提出异议，我在信中认为古往今来所有艺术作品都是艺术家"个人"感情的流露，没有"个人"的感情，便没有艺术创作可言。即使那些最具有人民性的伟大作品，其所表达的千百万人的思想感情，也要纳入艺术家个人感情的表达形式之中。这样的观点，在今天看似乎没有什么离经叛道的，也没什么不能讨论的，但在当时的中国，艺术创作强调的是"人民"、是"大众"，一切"个人主义"的东西

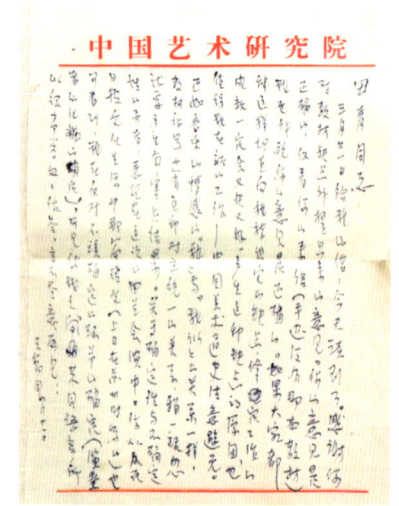

图5　王朝闻先生　　图6　王朝闻先生回信手稿

都必须摈弃与批判，这在当时是一个严重的"立场问题"。在"文革"刚刚结束的时候，不但质疑这个问题需要勇气，就连讨论，也具有超前的意义。

4月28日，我便得到王朝闻先生的复信，老先生不但没有对我提出的批评不高兴，更没有批判我的"反动观点"，反而十分明确地肯定了我的意见："你的意见是正确的，仅看你的来信（手边没有那本教材）我也能说你的意见是正确的。如果大家都能这样坦率地向我指出它的缺点，修订工作的成效一定会又快又好……可见你我之间有共同语言，所以很高兴。"

我的导师杨荫浏一共给我上过三次课，都是在他家，也都是我有具体的问题请教才敢登门。先生的无锡口音很重，但奇怪的是他说家常话我一句也听不懂，但讲中国古代音乐史的内容，我却句句都懂。除了请教问题，还要听先生"骂人"。他"骂人"最厉害的一句，就是"不懂音乐"。只要此人被先生骂"bù dǒng yí yào"，就知道此人不是君子。细思之，先生的标准也是其来有自，《乐记》中不是早就明明白白说"知声而不知音者，禽兽是也；知音而不知乐者，众庶是也；唯君子为能知乐"吗？先生骂人，一般不会动怒，唯有一次我去他家，先生正在听当时一位音乐界的领导在政协讲邓丽君歌曲的讲话录音，说邓丽君的歌曲是"靡靡之音"，是"资产阶级的音乐"，无产阶级应该批判，云云。杨先生当时大骂此公"不懂音乐"，义正词严地驳斥说：资产阶级听的是交响乐、歌剧；喜欢的是巴赫、贝多芬，瞧不起流行歌曲。邓丽君的歌是贩夫走卒的最爱，是下层民众的歌，我们无产阶级，应该大力提倡！先生的这番话，让我目瞪口呆！谁也想不到这位被视为"一贯保守"

的老先生，竟会有如此不落俗套却言之有理的金句。现在想起来，杨先生不但懂音乐，也比那位音乐界的大佬更懂政治，更懂什么是阶级。

当时研究生部还有一个令人十分怀念的"优待"政策，就是有一笔研究生"观摩费"，每周研究生部的干事吴非会在办公室外的墙上贴一张A4纸那么大的表，上面是她搜集整理的这一周北京各剧场演出的剧团、剧目、时间，想去观摩的同学可以在上面报名，办公室即负责给你购票。你想，这是多大的福利和便利呀，甭花钱，甭费事，研究生部会送票到手！于是，我便充分利用这个千载难逢的福利，不管是京剧、评剧、梆子，也不管是话剧、舞剧、音乐会，尤其是那些难得一见进京演出的小剧种，我都会踊跃报名，几乎场场不落。现在想起和几个同学骑着自行车一边高谈阔论，一边穿行在北京夜晚的街道上的情景，依然神往。当然，也有的同学认为读书就是读书，看戏没有用，闭门闭户，夜夜苦读，也是一种选择。不过，当我们今天都老了的时候，我真的替他们当年的选择感到惋惜。要知道，首都文化生活的丰富性和珍稀性是地方上无法比拟的，"过了这村没这店"了，学艺术理论的不看戏、不看画展、不听音乐，学的是什么？

我初和曾遂今同室，后和美术系的葛岩、李路明一屋。我生性好酒，又喜交友，每到周末，如果没有戏可看，常会有几个"酒友"跑到我屋小聚。当时物价低，我们的要求也不高，三四人，每人拿一元钱即可小酌（当时读研不但不用交学费，国家还发助学金，我和少数几个工作过的还能带工资，好像每月有四五十元，要知道，当时的学徒工每月才十八元），常常是一元钱左右买一瓶白酒（记得当时四川产的"文君大曲"才一元多），一元钱买一大包五香花生米，剩下的钱买点蔬菜和作料做凉拌菜，这是我的拿手绝活。北京秋冬的大白菜一颗有几斤重，外帮弃之，取其心，切丝，加醋勿吝、盐少许、白糖适量，置盆中拌之，则成一人见人爱之爽口下酒菜矣。若能讨得陈铭道从老家四川带来的"特制麻辣粉"，则属锦上添花了。同屋的李路明每回湘探亲，总会带回一大布袋熏肉丸，大如馒头，色黑，可长放不坏，味极美。但此公性喜天然，旧日文人习气为里，新潮画家作风为表，表里如一，皆洒脱不羁。如此珍贵难得之物，被他堆一面盆中，与另一同款尿盆并置其榻下，也真如《心经》所言："不垢不净。"多年之后，问之，曰："乡下早就城镇化了，此物已绝迹，久不知其味了！"哀哉！

就像我一直认为看戏听音乐也是学习一样，我认为这种朋友间的小酌和"侃大山"，也是一种难得的思想交流和学习，不知有多少灵感和思想的火花是在酒桌上闪现的。同屋的葛岩，西安人，生自艺术世家，初学中文，后学美术史，是研究生公认的"才子"，其记性之好令我艳羡至今。酒酣耳热之时，时有妙语惊人之句。记得葛岩经常提出一个上联，把该对仗的词在上联都先用了，再让我分分钟内对出下联。那时年轻，脑子还好使，又有酒精开智，竟也随口应对。当时说的什么现在大多忘了，只记得有一次他视桌上佐餐之物拟一上联："六必居试制四川五香辣豆瓣"，连用三个数字，我抬头看到书桌上正放着邓丽君"靡靡之音"的录音机，随口应对："七机部仿造三洋双卡录音机"，举座欢笑，大快朵颐。

钱少，下饭馆就是"过年"了。其中最"阔气"的一次是临近毕业的时候，我在《音乐爱好者》连载的《中国古代音乐史话》终于连载完，在上海音乐出版社出了单行本。那时出书不容易，在学生时代出书就更罕见，尤其是我在"后记"署名之后写的那行小字"1982年末于北京恭王府"惹了"众怒"，因为同学们毕业离开恭王府之后，谁出书都不能再写"于恭王府"了！没辙，只好出血，请哥们儿几个去"海边"的烤肉季大撮了一顿。顺便说一句，那本书的稿费千余元在当时是一笔大收入，我用稿费为家里买了一台日本进口的彩电，以报父母家人在我上学期间所付出的辛劳。

当然，我们的宿舍在整个研究生部是一个另类，大部分刚出校门又入校门的同学只知念书、规规矩矩，还像"学生"样子。估计在他们眼里，我这个工作几年再上学、比他们大几岁的家伙过于散漫不羁，绝不是什么好榜样。我们的宿舍不仅桌上有酒，床下有肉，且常有外客来访，各色人等，进进出出。我的朋友多，和尚、戏子，三教九流，学术圈、艺术圈的许多朋友是那时候结识的，其中一些还成为终生的朋友。比如潮州古筝名家杨秀明，当时被中国古筝学会会长曹正教授聘请到中国音乐学院任教，就住在我们楼下"夹皮沟"的一间平房里，我常常到他那里喝茶、听琴、侃大山。杨秀明命运坎坷，习琴学画也都循古人拜师自学之途，没有学历。幸遇伯乐曹正教授，才有到北京高等学府树桃培李之缘。其时他已年近半百，未婚，每日晨起冲凉，不论冬夏，颇有魏晋风度。或有酒罢茶歇、言语既尽、月明星稀之夜，与其携琴至王府中被"红学家"们考证为怡红院的"天香庭院"，三五知音散坐幽篁里，听他独自面对假山闲弄琴筝，王府深深，万籁俱寂，唯有清风明月，不知今夕何夕。

有的朋友纯属偶遇，记得和社科院宗教研究所的王志远就是在广济寺一个法会上碰到的，他当时在社科院读研做田野，我也在现场录音，遂相识。有一段时间北京"特异功能"热，我们都对神秘文化感兴趣，于是常相约一起骑着自行车满北京跑着去"拜访"各类神秘人物。音乐圈的朋友当然最多，除了早就认识的笛子演奏家、指挥刘森，还有古琴家李祥霆等人，而正值春芽破土之际的新潮作曲家谭盾、叶小纲等人，也在那时有所交往。

当时在恭王府内，有几幢新楼，除了我们的研究生楼，还有两栋是中国音乐学院的教室和琴房。其间，音乐学院试办"音乐文学"专业，词作家宋小明是班主任，主持教学工作。他找到我，请我为这个班授课，讲西方古典音乐欣赏。于是，我便每周带着唱片到对面音乐学院的楼去给他们上课，后来在歌坛上颇有名气的歌手郁钧剑就在这个班。

读研期间，还有些创作，都是应友之邀。1983 年，为中央芭蕾舞团曹志光、毛节敏写过一个剧本《书法》，是"逆向回溯"张旭观公孙大娘舞剑器的历程，把篆、隶、真、草的书法用舞蹈来表现。记得在作品最后一段"草书"结尾，设计了一群黑衣男子甩袖狂舞之后，一个象征"印章"的红衣女子蹁跹而出，以示"书法作品"之圆满。曹志光据此编创的作品曾在日本上演，可惜没有打响，但用舞蹈表现中国书法之神韵的创意，比后来舞坛知名的同一主题的舞蹈作品要早。

最大的一个作品是影视剧本《钟魂》，是好友刘森"逼"着我写的。1984 年，我本应静心写作我的毕业论文。一天，那时还在中国电视剧中心的刘森跑到宿舍找我，说他想拍一部系列电视片，向世界介绍中国的民族音乐。我当然说好，于是，我俩一人一辆破自行车，冒着酷暑，一边蹬，一边侃，一边冒汗。看完了历史博物馆的虎纹特磬，又去看了大钟寺的永乐大钟，最后决定拍一部以曾侯乙墓出土编钟为主题的故事片。曾侯乙编钟的出土，是震惊世界考古界和音乐界的大事，被誉为"世界第八大奇迹"，但随之出现的一系列历史问题，又被称作"曾国之谜"。为了写这个剧本，刘森把我关在中组部招待所，他给我做饭外带通卫生间的下水道，连关带哄，"逼"着我用大约20天的时间生生"编"出了一个完全虚构的故事，人物是我想象的，故事也是我想象的，是一个以曾侯乙编钟为背景，大开大合、跌宕起伏、讴歌忠诚与坚贞的爱情故事。与其说完全写的是可能发生的"历史"，不如说写的是我所体会与珍视的人性。20多天，我没出屋，写作中间，居然几次自己被自己虚构的故事情节感动得涕泗横流。本子写出来，电视剧中心的几位领导们都高度赞誉，不但给评了一个当年中国电视剧艺委会的"优秀剧作奖"，还要引进外资，打向世界。第一个要拍的导演是黄健中，看了本子后摩拳擦掌，说这是部巨片，拍好了，能拿奥斯卡奖，但预算太大，落实不了。后来，西影厂的张子恩，还有与我合作过电影《杨贵妃》的陈家林都要拍，西影厂已经组了班子，但也都由于因缘不具，至今剧本还停留在纸面上。

　　光写剧本不行，还得写论文。没想到，在讨论我的研究方向的时候，杨荫浏先生不同意我以佛教音乐作为硕士学位论文的选题，先生基于对"文革"中佛教生态的了解，以为大陆的佛教已经凋敝，没有深入研究的可能了。先生说："你现在研究佛教音乐，只能到台湾去。"当时说去台湾，就像说去月球一样遥远。当时，我不但已经考察了中国北方许多寺庙的佛教音乐，搜集了一些珍贵的音像资料，也"深入经藏"，做了大量文献的阅读与梳理工作，对一些历史上的疑点，已有了自己逐渐清晰的想法，对论文的写作，也有了较成熟的构思，所以不想放弃。一天，始终对杨先生持弟子礼的黄翔鹏先生专门从他当时居住的香河园乘无轨电车到研究生部宿舍找我，让我陪他在恭王府的院子里"散步"。其实，是他担心我忤逆杨先生，惹老人家不高兴。黄先生言辞恳切地劝我先"放一放"佛教音乐的选题，说："我和郭乃安先生帮你找了一个适合你的选题——《魏晋玄学与琴曲》，你肯定能写好。"于是，我便暂时把佛教音乐的材料锁进抽屉，着手魏晋玄学与古琴音乐的研

图7　田青的毕业答辩，答辩委员从左至右分别为吉联抗、阴法鲁、郭乃安、李纯一、黄翔鹏，答辩秘书为乔建中

究。1984年2月25日,杨先生因病仙逝,黄翔鹏先生正式担任我的导师。那时候,距毕业只有不到半年的时间了。我问黄先生我的论文到底写哪一个,黄先生说你自己决定吧,哪个有把握就写哪一个。于是,我又拾起佛教音乐的材料,完成了我的硕士学位论文《佛教音乐的华化》。

参加我论文答辩的老师除了黄先生外,还有郭乃安、李纯一、吉联抗、阴法鲁诸位先生。郭乃安先生是音研所的副所长兼研究生系主任,其主编统修的《民族音乐概论》是我国民族音乐理论的奠基之作,其论文《音乐学,请把目光投向人》在我国音乐学界影响甚巨,晚年随子女定居美国,惜叶落他乡未能归根。李纯一先生系我国著名音乐史家,其《先秦音乐史》《中国上古出土乐器综论》等著作皆为传世之作,今年(2021)1月逝世于北京,享寿一百零一岁!这二位先生在2002年荣获音研所颁布的"终身荣誉奖"时,所里曾让我为每一位获奖者写一幅字作为奖品,当时给郭先生写的是"将民乐修成论,把目光投向人",给李先生写的是"因慕先贤方考古,为弘旧乐始著文"(同时获奖的还有缪天瑞先生和曹安和先生,我给缪先生写的是"律书经天,词典纬地,树桃培李,一世清誉",给曹先生写的是"紫箫碧琶百年难得真知己,玉蕊冰花一生不改最初心")。阴法鲁先生是杨先生的朋友,北大中文系教授,曾与杨先生同著《姜白石歌曲研究》,是答辩委员会中的外聘委员。吉联抗先生是我所资深研究员,其《乐记译注》《墨子·非乐》《孔子、孟子、荀子乐论》《嵇康·声无哀乐论》等古代音乐理论著作的译注和《春秋战国音乐史料》《秦汉音乐史料》《魏汉音乐史料》《魏晋南北朝音乐史料》《辽金元音乐史料》

图 8 1985 年 4 月在洛阳龙门召开的"魏晋南北朝佛教史及佛教艺术研讨会"留影（从左到右分别为田青、段文杰、任继愈、王志远）

等史料辑译至今仍是学习中国古代音乐史的必读书。答辩通过后的一天，我在院子里碰到吉联抗先生，他指着我说："你原来留了个络腮胡子臭美，我都没留胡子，你年纪轻轻的就敢留？那天答辩我看你胡子刮得光光的，才投了赞成票！"

这篇《佛教音乐的华化》是我国大陆第一篇有关佛教音乐研究的学位论文，我投稿到社科院宗教研究所主办的《世界宗教研究》杂志，著名宗教学家任继愈先生看到后颇为赞许，将其发表在 1985 年第 3 期《世界宗教研究》的首篇，并邀请我参加同年 4 月在洛阳龙门召开的"魏晋南北朝佛教史及佛教艺术研讨会",安排我在会上宣读此论文;论文发表后,被译为英文,英译本曾刊登在欧洲 1997 年的《磬》(*CHIME*)杂志上。而有关魏晋思想与古琴的工作也没有白做,30 年后成了我《禅与乐》书中的一部分。

1984 年毕业后,我留在中国艺术研究院工作,几近 40 年,主要在音乐研究所,中间也曾负责院宗教艺术中心和非物质文化遗产国家中心的工作,至今没有离开过艺研院。我同屋的李路明回到长沙,做过湖南美术出版社的总编,但最后还是跑回北京做自由画家。葛岩在校时即想去美国留学,曾在书桌前贴了一张美国地图,整日面对,被我讥以"王阳明格竹子,你格美国地图",但真的到了美国后,虽然拿到了匹兹堡大学的博士学位,还捎带着拿到一个 IT 专业的学位,但最终还是回国,先后在深圳、上海教书。他在美国时曾寄给我一张照片,身后的墙上赫然贴着临别前我送他的一幅字,写的是南北朝诗人韦鼎的诗:

万里风烟异,
一鸟忽相惊。
那能对远客,
还作故乡声。

当年中国艺术研究院研究生的"黄埔二期",被后人称作"成才率"最高的一届,40 多个学生毕业后各显其能,大都做出了不俗的成绩,成为各自领域有影响的人物,有的著书立说,成一家之言;有的"兴风作浪",引领艺术潮流。其中因缘际会,

图9 毕业后的一次小酌（从左到右分别为冯双白、陈铭道、宋今为、王瑞芸、田青、高铭潞、陈卫和）

宏图得展者，还成为当代艺术界的领军人物。今天，当年一起读研的同学均已垂垂老矣，更有三人已离世先去，思之怆然。

中国艺术研究院为纪念建院70周年，嘱我等老人各写一篇"我与中国艺术研究院"。30多年来，时代大潮，载浮载沉，其间虽有颠簸起落，但命运对我之厚，常常超出我之所求、所料，大半生中可追忆者，岂是"一篇"可就？只好先写考研、读研、进门之事，至于进得门来的其余种种，待有缘再叙吧。

2020年7月

（田青，著名音乐学家、非物质文化遗产保护专家、中央文史研究馆馆员、中国艺术研究院音乐研究所名誉所长、中国昆剧古琴研究会名誉会长。）

在恭王府读书的日子

范丽庆

1991年，中国艺术研究院还在北京前海西街17号的恭王府时，我25岁，正值青春年华，在那里读了一年的硕士研究生进修课程。后来她搬到惠新北里，已是正高职称的我兜兜转转地又调到其下属的《中华英才》半月刊社担任副总编辑。近年来，多少次到这里参会、拜师、采访。而今，她在历史的新时代，开始第三次迁址。这让我不由得想起当年在恭王府读书的日子。

一

1991年9月，中国艺术研究院研究生部举办各专业的硕士研究生课程进修班，我在报纸上看到招生启事，决定报电影电视史论研究生课程进修班，经过单位推荐，我顺利被录取了。进修班到1992年7月结束，虽然只发了一张结业证书，却是对我人生影响最大的一段经历。我后来拿过两个学士文凭，一个硕士文凭，却没有在恭王府一年进修的记忆深刻。一个身无长物、孤陋寡闻的小姑娘，能进入专业的艺术研究学府，并结识一批中国杰出的文化人才，也是极为幸运的。

从1992年7月学习结束到现在，我离开恭王府已经28年了。时间过得真快！

恭王府是乾隆年间内阁大学士和珅的宅邸，是一座高墙阔瓦的三进大院，正门坐落在北京西城区前海西街17号。入学第一天，我来到位于恭王府的中国艺术研究院报到，院门口挂着三块大牌子——中国艺术研究院、中国音乐学院附属中学、文化艺术出版社，当时我的心中不由得产生一种神圣的向往。

走进恭王府，中路有两道宫门，然后是银安殿、嘉乐堂，后面是佛楼。我入学那会儿，殿堂还没有对外开放，嘉乐堂门口有两棵上百年的银杏树。除去中路的殿堂，东、西两路还有几套侧院。

我兴奋地给家里写信说："我是在中国最大的王府、世界最大的四合院里读书啊。"

二

艺研院研究生部当年在恭王府前面的广场一侧。迎面是一个很大的黑煤堆，旁边是厕所，没有现代化的抽水马桶，是老式的蹲坑。煤堆一侧是研究生部的教学楼。煤堆另一侧是研究生宿舍，用铁皮和石膏板搭起来的简易两层楼，这就是我们当年读书和生活的环境。铁皮房里，一楼住男生，二楼住女生，各有四间宿舍。我的宿舍在最里面，住四人，除了我，还有宁夏银川的张爽、广东湛江的邓玉凤和安徽合肥的侯露。四人中，只有我是影视史论专业，她们仨都是戏曲史论专业。让我没想到的是，侯露已经是孩子的妈妈了，而且她是带着孩子来上学的，孩子只有三四岁，叫小雪。白天她上课，孩子放在宿舍，晚上娘儿俩挤在一张床上睡觉，就这么带着孩子上了一年学。她是我见过的最要强的女性。前年我在天津，见到前来观看话剧会演的侯露，她已经是国家一级编剧、安徽戏剧家协会副主席、全国政协委员，不过还是当初那股子嘻嘻哈哈的劲儿。

在我们隔壁宿舍住着的同学是研究生三年级，分别是从解放军前线歌舞团来的刘青弋，考上了舞蹈学研究生；从太原来的耿剑，我的老乡，读美术史论研究生；比我小一岁的徐琛，江西人，也是美术史论专业。

第三间宿舍，也是戏曲史论班的同学，其中最有名的是范玉媛，她是梅兰芳的亲传弟子，来自江苏盐城，当年已经50多岁了，我们都尊称她为"范大姐"。

最靠外的第四间宿舍住的女同学是音乐史论班的，其中有一位是与丈夫一起来上学，她住在二楼，丈夫住在一楼。

在一楼住的男生中，有影视史论专业的孟宪励、美术史论专业的李一、戏曲史论专业的麻文琦，他们三人是研究生一年级。另一间宿舍住着重庆的陈家昆、包头的王庆宪、海口的符实、湖北的杨云峰，他们是戏曲史论专业进修生，和我同一届。还有一些同学住在西边另外一栋铁皮楼房里，我记得有美术史论专业的郑工、张彦、房新泉和王荔等。

还有一些北京同学不住校，正式研究生有戏曲史论专业的梁燕等，进修生有戏曲史论专业的曾昱晗、舞蹈史论专业的田培培等。

他们后来都学有所成，在不同岗位上卓有成就。孟宪励担任《健康时报》总编,陈家昆任重庆话剧团团长,李一担任艺研院研究员、《美术观察》杂志主编,麻文琦在中央戏剧学院当教授,郑工任艺研院美术研究所副所长,杨云峰后来考上艺研院的博士留在戏研所。女生中,刘青弋成了北京舞蹈学院舞蹈学系主任兼舞研所所长;耿剑后来考上北京大学的博士生和博士后,现任南京艺术学院美术系教授,是中国少数研究佛教书法的学者;徐琛研究生毕业后留在美研所里;王荔任上海同济大学艺术与传媒学院教授。近年来,我们在不同场合见过,最常开的一句玩笑话是:"我可是看着你长大的。"

我此生最有意义的一段读书生活,就在这个迎面堆放着烧煤的院子里,就在这个用铁皮盖的简易楼房中,就在北京最知名的恭王府,就和这些当时并不厉害的年轻人在一起。当时的院领导都是闻名遐迩的大师级人物李希凡、冯其庸等,不过虽在一个院子里,却也很少见到他们。我来艺研院之前,在《太原日报》当副刊编辑,已经得到王朝闻先生的墨宝,他给我任编辑的副刊《艺苑》题写了刊头。我们的结业证书上盖的是李希凡的印章,他是当时的常务副院长。

近年我多次拜访时任院党委书记常务副院长的曲润海先生,听他讲述艺术研究院的辉煌与起伏,不由得产生一种悔悟,那时真是年幼无知,不懂得珍惜,错过了很多求教的机会,而当时读研的赵建忠学兄已经懂得直接上门向大师求教。我记得,有一天午饭后,他从院外兴高采烈地跑回来,见到我窃喜道:"周汝昌先生给我题词了!"那幅墨宝后来挂在他的书房,后因筹资而忍痛割爱,后来又高价赎回,成为红学界的一段佳话,这件事需要建忠兄自己述说了。而我当年对周汝昌先生还一无所知，连《红楼梦》都没看完呢。如今，赵建忠已是天津师范大学教授、中国红楼梦学会副会长，今年他送我十多本由他编著的红学丛书，洋洋大观。

写下这些回忆，是记录，是怀念，也是感恩和祝愿。

2020 年 7 月

（范丽庆，女，文学硕士学位。1991 年至 1992 年在中国艺术研究院研究生部电影电视史论脱产研究生课程班学习。师从我国著名电影史研究者、《中国电影发展史》作者之一李少白先生，现任《中华英才》半月刊社副总编辑。本文有删节。）

难忘的"前海"时光

蒋慧明

大约是1997年初夏的一天,我随着蔡源莉老师第一次踏进位于前海西街17号的中国艺术研究院院址。门口的两座石狮子,在我眼里既威严又亲切。当时还未曾想到,此后,我将在这里度过好几年难忘的求学时光。

那时,我已经在地方曲艺团任专职创作员多年,工作之余也开始涉猎曲艺评论。当从原来天津北方曲校(中国北方曲艺学校)文学班的理论课老师倪锺之那里得知,可以报考曲艺专业研究生的消息时,真是喜出望外,赶紧跟单位领导请了几天假便到北京来找蔡老师。后来才知道,为了这个招生名额,蔡老师一趟趟地去找研究生部的负责人商谈,终于在这一年,经过院办公会议正式讨论后有了结果,于是这才有了倪老师的郑重推荐和率先联络。

由于曲艺专业当时还不能独立招生,所以研究生考试的内容只能是戏曲史论,于是,拿到招生简章后,我当即决定先报名读一年的研究生课程进修班,认真准备考研,这样,从1998年9月到1999年7月,我开始了充实又紧张的"前海"问学时光。

那时的住宿条件真叫简陋，两栋相邻的二层简易房，冬冷夏热，旁边是我们上课的地方，一栋红色的二层小楼，负责教务的老师往往身兼数职。好在那时候还没有扩招，硕、博士研究生和研修班的学员加在一起也不到百人，至今，我仍不时回忆起那一年的生活，物质上虽然清贫，但精神上却绝对富足。我们研修班的学员是和当年一年级的硕士生一起上课，常常是在食堂简单地吃过晚饭众人各自搬椅子，围坐在一楼某间宿舍的门口，继续着课堂上未曾尽讲的讨论，楼上传来清越的琴声，仿佛配乐一般，直到夜色沉沉。不知哪位又聊起了恭王府里的"鬼"故事，黑魆魆的树影似随声附和，吓得我们女生赶紧相伴着逃回屋去，只剩下那位一贯昼夜颠倒的男博士，兀自在那里吞云吐雾。

真的怀念那时候的学习氛围，不同专业的同学互通有无，跨学科的研究方法或许在那一次次的畅谈中已经有了雏形。我们还会常常结伴去"蹭"戏看，北兵马司的青艺实验剧场、东棉花胡同的中戏黑匣子小剧场、帽儿胡同的中央实验话剧院小剧场、护国寺路口的人民剧场，再稍远一些的首都剧场、儿童艺术剧院……一路上边走边聊，好不热闹。所有的老师总是鼓励我们多看演出，多思考，多动笔，想来，"前海学派"重视理论联系实践的优良传统便是这样传承下来的。

与我初次踏进艺研院的新鲜与好奇迥然不同，在这座古老的院落里生活学习了整整一年后，几乎熟悉了其间的每一棵古树、每一条夹道。偶尔，独自踟蹰在那棵据说有两百多岁的藤萝架下，或伫立在雕梁画栋的廊檐前，不免心生一丝恍惚，大有不知今夕何夕的感慨。

偌大的京城里，这样一处幽僻所在实属难得。高高的院墙，将外界的纷繁喧扰一概隔开，大有"躲进小楼成一统"的怡然自得。但其实，我们的学术研究并不枯燥，而是鲜活的、光彩的。身在其中的师生们，尽管都有甘受治学之苦的心理准备，却并未将学问做成孤芳自赏式的案头摆设，而是始终以丰厚的学养、敏锐的洞察以及睿智的思辨，捧出一部部堪称各艺术门类理论前沿的专论，不断夯实属于中国艺术研究院这块理论阵地的基石。一如穿过静谧的柳荫街，听罢胡同上空悠扬的鸽哨，转眼便迈入车水马龙的闹市，仿佛我们曲艺表演讲究的"出出进进"，学术与现实之间丝毫也不违和。

和其他的部门一样，曲艺研究所的办公室也是又小又挤，就像后来受聘担任过所长职务的姜昆老师在一篇文章里写的那样："这座前清的王府从格局上看依稀还能领略昔日的威严，然而当你走近的时候，你会看到每一块砖瓦都透着沧桑的印迹，有历史的创伤，也有现实的无奈。庭院破旧，花木凋零。我坐在只能容下一桌三椅的所长办公室里，极不情愿地暗自联想：这里不也是传统曲艺的一幅缩影吗？"（参见姜昆、倪锺之主编《中国曲艺通史》序，人民文学出版社2005年版）

可就是在这么简陋的办公环境下，曲艺研究所的前辈们仍然产生了很多重要的科研成果，并举办过多次有影响力的学术会议。1998年年末，曲艺所主办的"孙书筠京韵大鼓艺术研讨会"召开，我有幸旁听列席了会议，那也是我头一次参加正式的学术研讨会，心情格外激动。当与会的专家们得知我正在准备考研，纷纷投来赞许的目光。北京大学中文系的汪景寿教授不无关爱地叮嘱我："要想好啊，干这行可是得坐常年的冷板凳哦！"（数年后，汪教授欣然应允担任我硕士学位论文答辩的主席，犹记得他在电话里声若洪钟的话语："太好了！你等于是我们这代人共同培养出来的头一个曲艺研究生呐！"遗憾的是，汪教授已经于2006年玉楼赴召。）

环顾会场四周，满座皆是皓首苍颜的老先生，唯我一人是后生晚辈，一时间，愈加体会到蔡老师时常跟我提起的，目前曲艺学学科尚不完善，曲艺理论研究的后备力量相当薄弱，人才队伍的建设迫在眉睫，所以她才会为了招收曲艺研究生的事几次三番地去研究生部，历经三届主任——张发渊老师、周育德老师，直到伍国栋老师才总算有了眉目。接下来，就看我个人的努力了，也是那次参会后，我更加坚定了考研的决心，破釜沉舟，决不放弃。

曲艺研究所在后院的二楼还有一间办公室，1999年寒假回来后的某一天，我在那里见到了梁左老师，他听说我在准备报考曲艺的研究生，挺感兴趣。记得当时屋里还有一位管资料的女老师，一直埋头忙碌着自己手里的工作，梁左老师坐在拐角的桌子上，眯缝着他那标志性的小眼睛，乐呵呵地跟我聊天："你好好准备考试啊，先替我探探路，赶明儿我也考个曲艺研究生去。"这话说的，我还真没法接。当时的梁左老师因为创作的相声和情景喜剧《我爱我家》风头正劲，没想到私下里那么平易近人，毕竟我也是曲艺创作专业出身，所以很想有机会能再向他请教一些创作方面的问题，岂料这次短短十几分钟的会晤竟成了唯一的相见了。听闻他遽然辞世的消息时，我已经离开了北京。此后，在撰写相关文章查找资料时，无意发现梁左老师竟然和我是同一天生日，不禁怅然。

一年的时间倏然过去，拿到进修班的结业证后，我又跟单位续了假，一直待到1999年年底才回去。虽然不住在恭王府里了，但也时不常地会回去看看师长和学长，与他们聊聊天，取取经，为正式考研厉兵秣马。

当年一起参加进修班学习的学员，好几位转年就考取了正式的研究生，之后顺利毕业，留院工作。而我因为同等学力的缘故，好事多磨，直到2002年才得偿所愿，其中的过程当然是甘苦自知。清楚地记得，那年5月的一天午后，我毫无征兆地接到研究生部姜维康老师的电话，通知我去参加复试。那一刻，周遭的车流人响瞬间消音，眼前反复闪现前海西街17号的门牌，门口那两只默默蹲守的石狮子，以及参天的古树和枝丫间不歇的蝉鸣。这一年，我31岁，工龄已满10年。

就这样，作为中国艺术研究院招收的首位曲艺专业研究生，2002年9月，我再次住进了恭王府的研究生宿舍。而且，往后报考的学生不再需要准备复习戏曲史论的考题，也就是说，由此，曲艺学方向正式确立，曲艺学的研究生教育正式起步。

入学不久，为了改善学生的住宿条件，我们一度搬到旁边中央音乐学院附中的楼房里，日常上课还是在东边的红色小楼。没过多久，早已风传多日的腾退消息终于成真了。2002年12月22日冬至，我们各自带着一天里装箱打包好的行李，挤在几乎密封的货车里，搬去新源里的新宿舍（原来音乐研究所的办公地）。就在货车即将出发前，同学们争先恐后地跑去跟门口的石狮子合影。傍晚昏黄的光影中，鹅毛大雪漫天飞舞，此情此景，倒还真有些难以名状的离别伤情。想想也是后悔，整日里在王府中穿行过往，各处景致大都熟视无睹，偏偏不曾多留些照片。以后，再进恭王府，怕只能是以游客的身份了。

  既留恋又无奈，我们依依不舍地离开了前海西街17号。时光溜得很快，3年的学业转眼到了尾声。2005年的夏天，经过一场特别不顺的论文答辩后，我终于毕业了。随后接到通知，我被留院工作，先是分配在艺研院图书馆特藏部，次年4月，正式进入曲艺研究所成为一名科研人员，直到今天。

  今年是中国艺术研究院建院70周年，而曲艺研究所自1986年成立已经30多年了。这阵子，我时常会回想起那段难忘的"前海"时光，树影婆娑，曲径通幽，记忆的光影丝毫未曾褪色，反而越发清晰。算起来，我在曲艺的园地里已经坚守了30年。我也常问自己，这份坚守的动力来自哪里？只是简单地热爱曲艺吗？当然不是。

  我想起在进修班的课堂上，余从老师拿出写得满满当当的一张信纸递给我，因为前一课我曾向他请教过关于《长生殿》故事的戏曲曲艺作品的比较，余从老师仔仔细细地列出了相关的书目信息供我参考。

  我想起研一的专业课上，因为我们戏剧戏曲学系的三名学生分属三个专业方向，于是课堂改为圆桌会议，刘祯、路应昆、贾志刚、王安奎、刘文峰、毛小雨……每一位授课老师都毫无保留地将他们的治学心得相授，不知不觉聊到下课，老师还自掏腰包请我们会餐。

  我想起入学不久的中秋节，研究生部的教务主任姜维康老师带我们部分留在宿舍过节的同学一起去后花园赏月，是从一处角门过去的，门一打开，眼前一亮，水榭歌台，皓月当空，真是别有洞天！

我想起我的导师蔡源莉老师和姜昆老师一直以来对我的鼓励和鞭策。我更想起在学生生涯和科研之路上辅佐良多的贾志刚老师和包澄洁老师，痛心的是，他们已经相继辞世，再不能随时给我答疑解惑。

我会时常在心底里默念对这些可敬可爱的师长们的感激之辞。正是他们的言传身教，才令我拥有初心不改的勇气和执着。如今的我，人生已过半程，越发有种时不我待的紧迫感。接下来的路，注定仍会充满周折，但我愿以那些年在恭王府学习生活时浸染熏陶的"前海"学风、文风，以及不媚时不趋利的淡然超脱来努力应对，相信扎实的研究成果才是自己最好的证明。

念念不忘的，仍是那曾经的"前海"时光。

2020 年 7 月

（蒋慧明，中国艺术研究院曲艺研究所副所长。）

恭王府的海棠
——中国艺术研究院学习生活点滴

李 一

早年在中国艺术研究院读研究生时,院址还在恭王府。我的回忆自然要从恭王府的读书生活开始。恭王府是北京最大的王府,在这个古色古香的深宅大院里,曾多年隐藏着中国艺术研究院的各个研究所(室)和研究生部。我读书的研究生部坐落在恭王府的东南角,有一座相对独立的教学楼。而毕业后工作的美术研究所、戏曲研究所、舞蹈研究所等则在后院的后罩楼(俗称"九十九间半")。院里召开学术会议的地点多在葆光室和嘉乐堂。我的读书生活开始于恭王府,吃住和学习都在这里,之后又在此工作多年,在这里获得硕士、博士学位,在这里加入中国共产党,因而非常怀念这个古色古香的深宅大院。

32年前的1989年,已过而立之年的我,暂别妻女,只身从山东来到北京恭王府,进入中国艺术研究院研究生部学习深造,先是进修一年,后随陈绶祥先生攻读硕士,再随邓福星先生攻读博士,1996年博士毕业后分配至美术研究所从事研究工作,一直到2002年中国艺术研究院迁入朝阳区惠新北里新址之前,我在恭王府学习工作生活居住了十几年。

来恭王府学习之前,虽然已习书画多年,也撰写过几篇论文，但就水平而言还是不能令自己满意。来到恭王府后，经过先生们的点拨和系统的学习，认识有所深化，水平有所提高，开始正式走进艺术研究之门。恭王府虽处京城中心地带，但当时因是艺术研究机构，所以不对外开放，平时很幽静，很适合读书做学问，我如期完成了硕士学位论文和博士学位论文，撰写了《走向何处：后现代主义与当代绘画》《中国古代美术批评史纲》《中西美术批评比较——中西美术比较十书》等专著。

在恭王府读书和工作期间，我曾参加过中国艺术研究院的两个重大集体科研项目。一是王朝闻、邓福星二位先生领衔主编的12卷本《中国美术史》，二是李希凡先生领衔主编的14卷本《中华艺术通史》。参加《中国美术史》的编写始于20世纪90年代初，参加《中华艺术通史》的编写始于20世纪90年代末。参与这样的大项目，对我的成长至关重要。从大的方面来说，只有中国艺术研究院这样的综合性艺术研究机构才能完成如此规模宏大的项目，也只有像王朝闻、李希凡这样的大家才能领衔如此重大的学术工程。从某种意义上说，这两套大书不仅是中国艺术研究院学术研究的里程碑，更是现当代美术史研究、艺术史研究的里程碑。我有幸参与其中，多次聆听王朝闻、邓福星、李希凡等先生的教诲，收获甚大。参加《中国美术史》的编写，使我认识到美术史研究的关键是以审美关系为主线，体现于美术现象中的审美意识的发生和发展，是美术史的重要研究对象。诚如王朝闻先生所强调的，美术创作、美术理论的存在和发展，以及它们在历史上的地位，都体现出审美关系的变化和发展。美术史家的使命是揭示过去的美术现象以及与美术相互依存、相互作用的其他诸因素，并揭示它们在发展过程中继承和创新的必然性特点。参加《中华艺术通史》的编写，使我体会到中国的各门类艺术既有其自身的特点，又有着相互联系、相互影响、相互促进的特点；既要以对各门类艺术史的深入研究和总结为坚实基础，又要立足于对社会总貌和艺术发展的总体把握，重视整体的宏观的研究，着眼于概括和总结每个时代艺术共同的和持久的规律，努力将共生于同一社会环境或文化氛围内的各门类艺术成就反映出来。艺术通史难在会通。研究者要具备"通人"的眼光和思维。这两个课题，集中了全院乃至全国一百多位专家的智慧，能参与其中，与诸多专家学习和交流，的确学到了很多东西。

恭王府位于什刹海的后海之南、前海之西，地址为前海西街17号。因隐身其中的中国艺术研究院影响广泛，于艺坛开宗立派，世称"前海学派"。"前海学派"的一大特点是理论联系实际，艺术研究与创作实践相结合。记得在研究生部的开学典礼上，研究生部主任、著名戏曲学家张庚先生语重心长地强调理论联系实际的重要性。理论研究与创作实践相结合，两者相辅相成，以理论思考带动创作实践，以创作实践促进理论思考，是中国艺术研究院的传统。黄宾虹、王朝闻等老前辈以理论研究和创作实践的丰硕成果，为后来者树立了光辉的榜样。我自进入恭王府学习以来，也自觉继承这一传统，多年来走的是艺术史论研究和书法创作实践相结合，"持艺舟双楫，求学艺相成"的道路。

诸多往事，最值得回忆的是恭王府的读书生活。当时我们住的是简易楼，冬冷夏热，食堂的饭菜也较为清淡。生活虽清贫，但一读起书来，就充满快乐。晨起到天香庭院诵读画论，早饭后挥毫临习几页《急就章》，晚饭后与同学们散步于前海或后海，很是惬意，尤其是读书间隙观赏恭王府海棠，春天观其花，夏天赏其果，其乐融融。我曾有一首绝句《忆恭王府海棠》回忆当时的情景："冰肌玉骨属妍春，风日满庭色渐匀。伴读娇容如解语，无香袭袂亦情亲。"

2020 年 7 月

（李一，中国艺术研究院研究员、博士研究生导师、美术史论家、书法家，长期从事艺术研究、刊物编辑和研究生教学。本文有删节。）

天地 四时 人间书
——前海西街 17 号求学忆往

刘晓真

　　1997 年腊月，大学二年级过半，我打定主意放寒假之前要去北京找一下中国艺术研究院，看看那里招收舞蹈史论硕士的研究生部是什么样。这时，我已自学摘抄了一笔记本有关舞蹈的史论知识，书的作者都与此处有关。

　　出发前，我独坐宿舍，时不时看看表，倒计时赶车赴京，手里的书如同摆设一般。心已走远，睹物如空。

　　"北海公园北门，前海西街 17 号"，这是第二天我站在北京街头，通过 114，掌握到的所有有关通往中国艺术研究院的信息。

　　展开地图，按图索骥，结果，没坐对电车。我站在公园的西门，思忖片刻，为了不辜负名胜，便沿着北海西岸向北门走去。漫天的鹅毛大雪，嵌在北风里，扑打着眼睛。隔着苍茫的雪幕，是北海东岸的山影，白塔、林木和冰雪覆盖的湖面，天大地大，遗世独立。

"仰观天文，俯察地理"

后来，我如愿考入前海西街17号中国艺术研究院研究生部。

这里原是前清恭亲王奕䜣的府邸，再之前的主人是和珅。前府和后花园由二层的连廊小楼隔开，名曰"九十九间半"，是艺研院各研究所的办公室，凡是在那里待过的人都熟知和珅的敛财八卦与奕䜣的外号由来，因为后花园被辟为景点后，络绎不绝的旅行团让导游不得不天天背书，坐在"九十九间半"的人也不得不天天听书。

走在连廊上，常能看到廊柱朱漆斑驳，角落里断垣残瓦，虽是如此，却像荣国府贾母用的缎面旧靠垫，沉淀了老府邸的繁华：微风一吹，轻尘四起，藏匿在雕花砖缝里的历史兀自盘旋。

正殿嘉乐堂的庭院中有两株大银杏，春绿秋黄，静静地伴着那些时节在树下练拳读书的学子。研究生部建在二宫门右拐几十步开外的空地上，几栋寥落的简易板房犹如身居府中的府外人，倒是丝毫未减独居中学习生活的兴味。

当时，美术学的人数最多，冬日无风的艳阳天里，能看见他们每人端着碗一溜儿蹲在墙根，午饭时间你一言我一语地聊着课上的问题。那个时期，陈绶祥先生力倡"新文人画"，从主张到实践有自己的一套方略，跟随弟子数众。我偶尔混迹其中，听他们谈论古代纹样和文化之间的关系，一时不得要领，倒是记住了陈老师反复跟学生们强调的"仰观天文，俯察地理"。这句典出《易经》的话就像一粒种子，在我心里扎下了根。

每次读王勃《滕王阁序》开篇几句，还没到"襟三江而带五湖，控蛮荆而引瓯越"这纵横捭阖的地方，就被卡在"星分翼轸"上了。虽然注释里写着"翼"和"轸"是两个星宿的名称，可抬头看看天，它们又在哪儿呢？就算是文学里的比兴手法，借着星宿打开场面，没有实际意义，但有没有直观认识和体验，却是天壤之别，今人和古人的隔阂大概就在这一点上，心胸和气度也输在这一点上。俯仰吞吐之间的内容，能看出人对天地的远近亲疏。陈老师想要告诉大家的，大概是这个吧。

有一年冬天，大雪过后的一天，陈老师特来院里，带领众弟子，顺着前海、后海的河沿漫步畅游，一路上，诗词与雪景同在，对历史和人生的追忆在风中飘荡。来年初夏的一日，陈老师晚上召集大家在天香庭院相聚：那是红楼梦研究所的院落，茂林修竹，花影扶疏，正殿有罕见的金丝楠木大厅，简短的寒暄后，焚香一炷，特请了当时的音乐学博士生王建新抚琴助兴。大家拾阶而坐，或倚门廊，丝弦声时远时近，时隐时现在晚风中……这些都和孔子所赞叹的生活如出一辙，"暮春者，春服既成，冠者五六人，童子六七人，浴乎沂，风乎舞雩，咏而归"（《论语·先进》），只是时节不同罢了。

总谈天地大美，未免空疏，但心中若无此念，又何谈人文化成和审美养成？没有四时之序，又如何感知生命的节奏与情调？

2020 年 7 月

（刘晓真，中国艺术研究院舞蹈研究所副研究员、硕士研究生导师。本文有删减。）

女编辑的恭王府时代

仲 江

一

1982年，我大四，第二学期还在上课，最后两个月才是实习或者论文时间。我的本科论文题目是《红楼梦中的反义词解析》（难怪后来在恭王府里当编辑）。此时也正好是恭王府开始搬迁改造。论文写作时，我们师生有机会到当时尚未开放的恭王府转了一圈。

当时的恭王府，掩藏在什刹海地区的一个胡同里，院墙高高，府内浓荫蔽地。正值四五月份，北京街头已经开始有初夏

图1　仲江个人照

的热气了；然而一进王府，感觉立刻凉爽许多，府内外温差起码四五度。

读中文的女生，没有不熟悉《红楼梦》的。看着这个被视作大观园原型的王府，里面是众多文化单位，吴老师和我不约而同地说，毕业了要到这里工作才好。

改革开放以后的77、78级大学生当时算是国家的宝。毕业时，招人名额比毕业生名额还多，基本是国家部委、新闻单位等，去金融部门或大型国企的都是觉得"丢了专业"。我按图索骥，如愿分到了这个庭院深深的王府里工作。

二

当时的恭王府未经修缮，五六家单位在里面共存。我所在的文化艺术出版社，在后花园。不走王府大门，从东侧的毡子胡同进去。我的办公室就在月亮门外面带长廊的几间东厢房，外面就是大名鼎鼎的流杯亭。虽然水道早就干涸无水，但是凉亭围栏犹在，成为春秋季节同事们午休时散心聊天的好地方。

花园中间的假山洞窟——秘云洞里，是著名的康熙"福"字碑。那时没有什么人拿它当回事儿。我嫌洞窟里脏，只是刚上班时进去看了一眼新鲜，以后再也不去了。偶尔会有几个书法爱好者通过关系进到园子里后钻进洞里去拓印几张。

王府西侧水榭过去，是天主教的一个神学院，当时他们的礼拜堂大概在修缮，仅用工地围挡拦着。我们午休时就在院子里随意乱逛，看到这个围挡很粗疏，我们几个同事都是20多岁的窈窕女子，侧侧身就挤进去了。

那是第一次来到宗教场所，教堂里虽说空无一人，但是庄严肃穆的感觉令人印象深刻。一排排没有靠背的木质长凳上，摆放着一本本中文版《圣经》。我们几人出于好奇，翻看着。且不说内容让我们这些自幼接受无神论教育的女生感觉挺有意思，即使从专业角度看，我们也觉得非常震撼！

我们都是出版社的编辑，对于图书印制还是很懂行的，相比于当时出版业还在用新闻纸印书的水平，看到胶版纸正文、硬装封面、红色切口的图书，真是爱不释手。

孔乙己前辈说过，读书人窃书不算偷。我们几人各自从座位上取了一本。现在想来，神父们发觉《圣经》少了几本，也该只有欣慰没有懊恼吧。毕竟是在传递主的福音嘛。

园子很大，花径不曾缘客扫，处处荒凉。各个部门的办公室散落在园内的不同地方，考勤只能靠自觉。这太适合我这样的懒觉爱好者了。虽说出版社的工作性质不坐班，每周一、三、五上班（当时没有双休日），但是作为新人上班迟到还是不好的。有两次我上班迟到时几乎就要和领导迎面碰上，我随即转到另一条小径上躲开，自以为在曲径通幽、杨柳拂面的花园内领导是看不见或者看见也不一定看得清的。其实不然，后来我外出请公假请社长签字批准时，他淡淡地说了一句，该支持的我们一定支持，但是平时上班还是要坚持考勤的，自己的本职工作要做好。

刚工作的头半年，北京的同学、朋友知道我在恭王府上班，有事没事就爱来找我。在传达室一登记找谁谁谁，就名正言顺地进来了。带着他们逛王府逛园子也会碰到各级领导，领导们都很理解，说新分来的学生吧？有时还会特意告诉我园内哪些地方最好看。

曾经有个要好的女朋友，碰到一点感情问题，跑到园子里找我倾诉，我带着她到了王府至高点——邀月台去说话，没想到那里有两间小屋正是我们的校对科。她走后，校对科的同事直笑我。

三

王府的风景我就不多说了，说说你们想不到的一些小事。

很多朋友都说，哎呀，在王府工作，花园一样的环境多好啊。是啊，环境是好，但是环境好的另一个意思就是花花草草多，各种虫儿也多。夏天各种小虫子怎么驱赶都无效。房间里要点蚊香，盛夏季节不敢穿裙子，医务室一到夏天就要配备大量清凉油。

我从小就住楼房，对于四合院生活有着美好的想象。到了恭王府才知道，痛苦多多啊。夏天的蚊虫叮咬是一苦，冬天的寒冷也很难熬。办公室内有暖气还好，但是你总要到其他办公室去办事，要去厕所，中午还要去食堂吃饭，这时室外零下的气温就够头疼。没有棉袄和棉大衣是万万不行的。秋冬季休想穿裙子，都是羊绒裤级别。

说到暖气，其实也是作用不大的。当时的后花园因为有公安部的宿舍，所以供暖由公安部负责。公安部的暖气主要是晚上为居民供暖，白天很少烧，我们的办公室里主要靠晚上集聚的热气，刚上班时还好，时间一长，加上进进出出的开关门，房间里也是很冷的。最初几年，我们会在办公室里生一个蜂窝煤的炉子，一是取暖，二是可以有开水。后来因为古建筑提高了防火级别，室内就禁止生火了。

传统建筑最怕失火。茶炉修在园子的西北角，我的办公室在东南角，穿越整个园子打开水，是新员工的必修课。春季里穿花拂柳很诗意的，冬天时提着两个暖瓶，一个来回后双手都快冻僵了。雨雪之后更是一路泥泞，一脚高一脚低地回到办公室，不摔跤就是阿弥陀佛了，哪还顾得了鞋啊裤子之类的是否沾满泥污。

单位食堂在前院（我们一直称王府部分为前院儿，花园部分为后院儿），我们需要从后院儿出毡子胡同绕行到前海西街的前院儿去吃饭，很是麻烦。我们很多时候就干脆直接到外面去吃。特别是刚开放的荷花市场，里面的各式小吃几乎吃遍了。

那时中国音乐学院还未搬迁新校舍，寒暑假时，学校的食堂停火，少量师生就到我们食堂就餐。

四

1986年的时候，花园内的单位基本搬迁完毕，正式开始修缮，我们也从花园的核心部分迁到园墙外，但仍属于恭王府建筑的后院儿东侧一排平房中办公。印象很深的一件事就是1987年春晚后，费翔红遍全国，社里有一台工作用的双卡录音机，一到午休时间，就会有人搬出来，播放费翔的歌曲，十几首歌曲反复播放，费翔火爆热烈的歌声，就在王府上空飞扬。

1990年亚运会前，恭王府花园正式开放，我们搬入前面王府办公。20世纪90年代一部电视剧《宰相刘罗锅》红遍中国。我的办公室在著名的九十九间半——王府后楼的二楼(俗称藏宝楼,后窗造型不一),窗户正对着花园大门(西洋门)。每天不停地听着导游的电喇叭:这就是大贪官和珅家的后花园啊……乱哄哄一片吵闹嘈杂。没办法,只能去医务室要点儿棉球塞耳朵了。

什刹海:夏天游泳,冬天滑冰,荷花市场,红楼酒家

1998年,我们社先搬出了国家级文保单位——恭王府,到西南二环的菜户营去上班。从王府到菜户营,感觉落差有点大。

2001年,艺研院的办公楼终于落成,各个部门全员迁入新址。将恭王府彻底腾空,进行修缮。

2008年奥运会前,恭王府正式全面对游客开放。

2010年,我带外地来京的亲戚游览恭王府,看着整饬一新的花园、王府,看着秘云洞外为观看被玻璃罩起来的福字碑而排起的长长队伍,看着金碧辉煌的大戏楼,感慨系之。可喜的是,月亮门外我原来的办公室依旧是办公室,并未成为游览区。办公室里年轻人很尊敬地请我坐了一会儿,聊了一会儿,就像今天一样,"白头宫女在,闲坐说玄宗"。

2020年7月

(仲江,曾为文化艺术出版社编辑。)

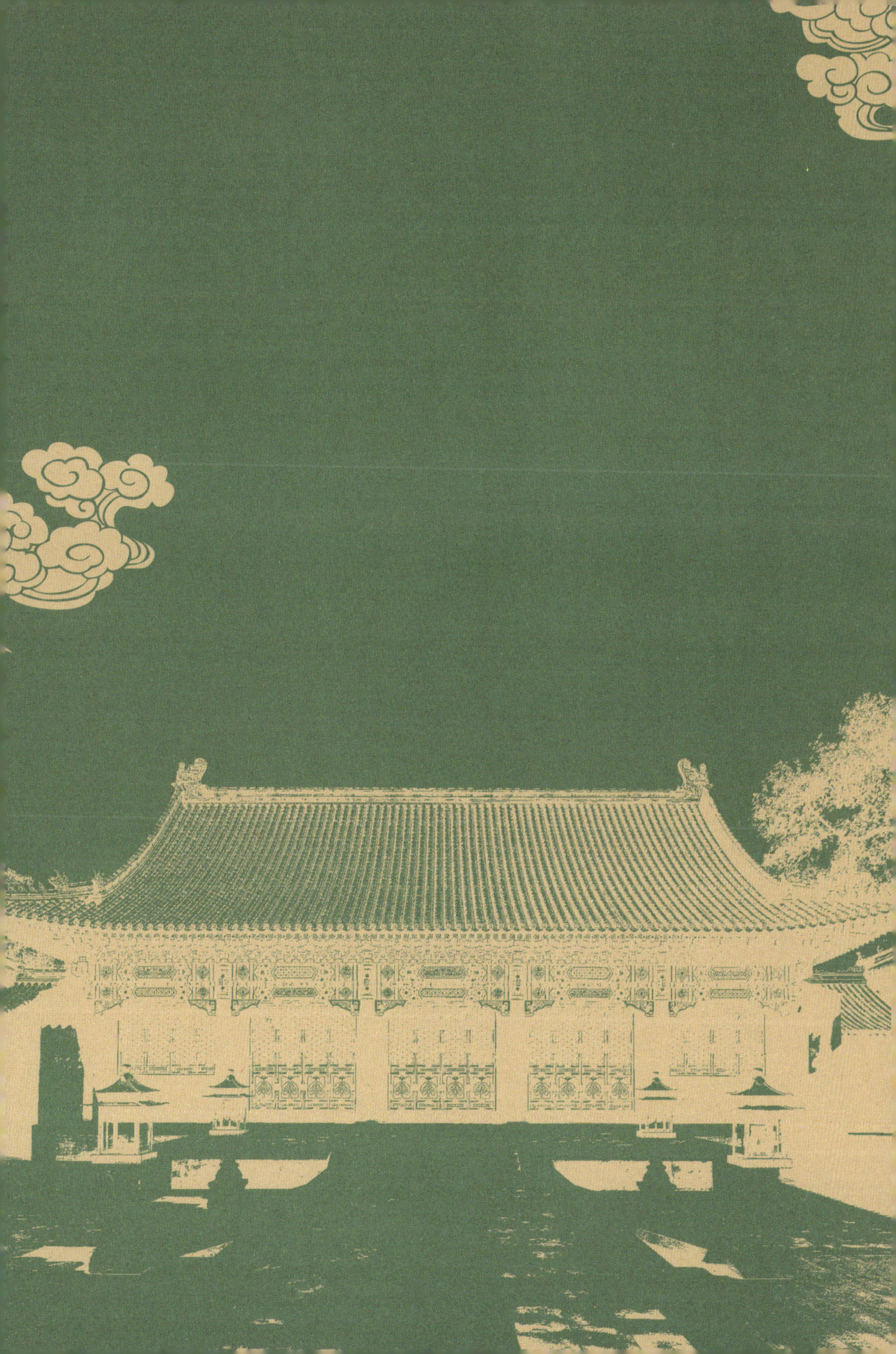

屈氏家族与恭王府的三代情缘

屈祖明

我家住在什刹海的小金丝胡同 21 号院，这个院子是我父亲于抗战胜利前夕购买的。我的祖父屈兆麟是清宫廷如意馆最后一任司匠长（负责人）。祖父因天资聪敏，十几岁时经清宫的著名画家管劬安先生介绍进入内宫服务慈禧太后。祖父长大成家时是住在东城区地安门外大街的方砖厂胡同，是慈禧太后帮助说合，租下的启秀家的房子。在方砖厂那一带地界儿，只要提起"老屈家"，很多老人都知道。为什么租下的是启秀家的房子，说来话长，限于篇幅字数，在此暂且不提。经历了一个多世纪的年代更迭，我家在中轴线两侧已延续五代，而祖父、父亲和我都与恭王府有着许多的往来。2023 年恭王府博物馆迎来创建 40 周年的庆典，拟出版《恭王府与什刹海》一书，编辑约我写写我家三代与恭王府的故事。

第一代：屈兆麟

我的祖父屈兆麟，字仁甫，北京人。生于清同治五年（1866），卒于民国二十六年（1937），享年 71 岁。我的祖父少年时拜宫廷画师张乐斋为师，学习工笔画，因颇具天赋又很刻苦，青年时就已小有名气。光绪十年（1884），他18岁时，经张乐斋向内务府推荐，进清宫造办处如意馆承差做画工。我家是汉人，祖父十几岁进宫后，一直专心于绘画，不问政治，经皇帝钦准，允许在内宫行走，主要是陪伴在慈禧太后身旁，教她绘画。祖父的绘画技艺精湛，受到皇帝与大臣们的赏识，后来在皇宫内的如意馆做到司匠长，主要职责是用绘画装饰清宫各殿堂。慈禧太后喜欢我祖父年少单纯、天赋异禀，常同他研习交流绘画。待慈禧回到故宫后，也特别准许祖父可以在后宫行走，甚至有时让我祖父作为她的代笔画师，画些花鸟、松鹤等赏赐他人。此外，还接受其他特殊的"使命"，如为皇帝绘制冬、夏朝服的小样，为慈禧太后设计春夏秋冬四时的服饰图案，为各宫的妃嫔们设计"饭单"（餐巾）的花饰等。

我的祖父在清宫经历了同治、光绪、宣统三位皇帝，擅长工笔画，特别是画的"蝙蝠"形象逼真又灵动，因"蝠"字同"福"字同音，所以深受当时皇族贵胄的喜爱。画蝙蝠的皇亲国戚有很多，特别是恭亲王奕䜣，在自己的花园后边建了一个坐北朝南的大厅，东西曲折伸展，其结构形象很像一只蝙蝠，故名"蝠厅"。为了让蝠厅的内外装修突出一个"福"字，恭亲王奕䜣请我祖父画了很多神态各异的蝙蝠，供装修时使用。恭亲王奕䜣对我祖父画的蝙蝠十分满意，在很多处用了不同形态的蝙蝠彩绘，更使得蝠厅别具一格。

蝠厅的前后是大敞窗，四面环廊，从早到晚每个房间都有充足的阳光，环廊建在四周又使外面的阳光不会直射到房间内，这在北方很少见，有点江南园林的风格。一到夏天这里便是消

图1　工笔蝙蝠形象小样　　　图2　蝙蝠形象的窗饰

暑纳凉的好地方。

1924年以后，溥心畬在恭王府花园居住时将其改为书房。没想到我的祖父因给王爷画"蝙蝠"竟成了日后与王爷以及其子孙后代们相互礼尚往来的"契机"。

祖父在如意馆一直工作到1924年，直到溥仪皇帝被驱逐出宫，方告结束。其间，祖父娶了广东十三行孙家的格格，也就是我奶奶之后，皇家对祖父更加信任。

广州十三行是清政府指定专营对外贸易的垄断机构。十三行商人是继徽商和晋商之后中国有名的商人群体，也是清代中国的三大商人集团之一。十三行商人从垄断对外贸易中崛起，历史悠久且世界影响力大。由于祖父与广东十三行孙家的姻亲关系，很早便意识到金融在经济中的作用，所以后来父亲并没有继承祖父的绘画技艺，而是走上了金融管理的道路。

1911年辛亥革命时，溥仪逊位，经商议允许皇帝和皇家众人继续留在皇宫内生活。如意馆仍在逊清王室的编制之中，所以祖父依然没有离开这个"小朝廷"，在故宫，又拿了几年所谓的"内廷供奉"。1924年11月，民国政府摄政内阁黄郛和军阀冯玉祥下令，由北京警卫司令鹿钟麟、警察总监张璧、北京大学教授李煜瀛出面执行，请逊帝溥仪出宫。他们开着军用汽车将溥仪这个末代皇帝又送回了后海的醇亲王府。从此，祖父结束了长达四十年的宫廷画师生涯，回归社会，靠卖画为生，成为职业画家，直至1937年去世。在此期间，京城留下他不少作品。

第二代：屈少甫、屈贞

先父屈少甫在洋务运动的影响下，学习外文和金融，没有继承祖父绘画的技艺，最终从事了金融行业。他在民国时期曾担任法国东方汇理银行主事，参与过民国时期众多社会建设活动，也为共产党选派的勤工俭学人员筹措资金贡献了一份力量。

父亲在世时与恭亲王之孙溥儒（字心畲）素有文墨上的往来。溥心畲醉心于绘画，但多有颜料不凑手的时候。比如溥心畲喜欢画钟馗，为了表现钟馗带有宗教色彩的特点，需要用进口的矿物颜料，这些矿物颜料在市场上是找不到的，溥心畲就经常派人到我家寻找。我家存有的御制墨和矿物颜料大多是祖父在如意馆承差时的存货，许多是那时欧洲进口或是大臣们进

图3　屈兆麟作品

图 4 　钟馗画像（溥心畬）
图 5 　棉花图诗墨（宫廷专用墨）
图 6 　棉花图诗墨（宫廷专用墨）

贡时用的像御用朱砂一样的稀有颜料。可以说，溥心畬绘画所需要的"稀有颜料"长期依靠我家供应。

当年先父任职于法国东方汇理银行，溥心畬先生除绘画外，每有借款、抵押、贷款之事，也必求我父在当中斡旋，可见他们的交往不一般。

小时候我曾随先父进过恭王府，每次进去都要经过一座小桥进西门，给我的印象是：恭王府里面的生活垃圾、炉灰及废弃物堆积如山，随处可见。湖里水干涸见底，室内家具虽然十分考究，但摆放杂乱并无章法可言。

我的四姑屈贞在祖父的教导下，承袭了屈氏传统工笔画技法，工致细腻，具有浓郁的宫廷画风格。因祖父的关系，她与溥仪的妹妹们成为好朋友，抗战胜利后溥仪的妹妹们也经常到小金丝胡同的父亲家与姑姑一起交流绘画的经验、技巧以及文化的传承。当时，她们的生活也很艰苦，姑姑经常想些办法介绍她们加入画社，赚点钱，帮助她们渡过难关。

屈贞在20世纪三四十年代已是中国画学研究会成员，与画家郭传璋、黄宾虹、周叔迦、卜孝怀、李树萱等参与华北居士林佛画研究会的工作。20世纪50年代，参与创办北京中国画院（现北京画院），并成为文化部直接聘任的职业画家。在任期间，屈贞参与创作具有里程碑意义的《东风吹遍百花开》和《果实累累》国画巨制，在中国书画文化发展的历史上起到了承上启下的关键作用，她的艺术也因此注入了新时代的新内容，展现其尊重传统技法，又不拘泥于传统，具有自己的风格。

1960年12月10日，为展示中国丰富的植物资源和宣传中国菊文化，屈贞接受国家邮政部的委托，参与完成了一套菊花邮票。图案是由洪怡、屈贞、胡絜青、江慎生、徐聪佑五位画家用中国画工笔表现手法绘制而成的十八个中国菊花传统名贵品种。邮票图案分别为"黄十八、绿牡丹、二乔、大如意、如意金钩、金牡丹、帅旗、柳线、芙蓉托桂、玉盘托珠、赤金狮子、温玉、紫玉香珠、冰盘托桂、墨荷、班中玉笋、笑靥、天鹅舞"。整套邮票采用工笔重彩的技法，每朵菊花的细腻雅致都被活灵活现地展现出来，受到国内外广泛好评，具有很高的收藏价值。

图 7　中国原邮电部发行的特 44 菊花邮票 18 枚（洪怡、屈贞、胡絜青、江慎生、徐聪佑绘制，屈祖明提供）

图 8　屈贞的菊花作品原作（屈祖明提供）

第三代：屈祖明

到了我这一代，与恭王府的接触还是因 20 世纪 90 年代初恭王府花园对外开放。当时，我与北京建筑设计研究院总建筑师、北京市政府建筑顾问张开济，故宫博物院的单士元先生一起作为恭王府修复的顾问，协助筹备恭王府后花园的开放和恭王府的修复工作。

恭王府的花园特色

在我的印象中，恭王府和醇亲王府与其他王府最大的不同是府内有较为宽广的水面。盛夏来临，湖水碧波粼粼，凉爽宜人。两个王府有如此独特的南方园林景观，是由其独特的地理环境所决定的，当然也要有皇上的"恩准"才行。

恭王府地处前海以西，后海以南，当年恭王府的西墙和南墙面临的是什刹海的进水河道，当时称为"玉河"。河床不宽，但是河水量比较丰满，为恭王府引水进府创造了客观条件。

从前玉河水从西海积水潭流经德胜桥向东到现在的"后海花园"处，河面突然变得宽大，形成一个小湖泊，周围绿柳垂岸。相传，这里是当年恭王府洗马的地方，玉河在此处折向南流，河面变窄，流经李广桥继续南流。李广桥位于现在的羊房胡同东口，桥体东西走向，河水由北向南流到恭王府墙外，一部分河水通过地下引水渠道引入恭王府花园的湖里，此水是"活水"，它利用了湖水和河水的落差，当河水量减少时，湖水又返回原河道。活动的水体，增加了园林的动感，活跃了气氛，

图9　恭王府湖心亭（李少武摄）

是恭王府花园设计的成功之处。

　　现在位于前海西岸的郭沫若故居，是早年恭王府的马厩。大门对面原有的"影壁"一座上有砖雕"平安"二字挂屏，旧物虽然仍在原处但已失去原有的功能，成了一个孤立不协调的景观，实为城市景观改造的"败笔"所在。恭王府花园属于北方私人园林，因巧借什刹海的河水，引水入府，而增添了南方园林之美。昔日的玉河河道，在20世纪50年代被填平，就是现在的柳荫街。

　　现在前海西街17号的大门不是恭王府的府门。恭王府花园在柳荫街坐东朝西的大门也不是花园的大门。早先花园也未临街设门，这两座大门都是在1950年填平玉河河道

图 10　郭沫若故居对面的影壁

时开辟的"随墙门"。王府正门是在围墙之内，从墙外无法看到。

早年间进恭王府需要从东、西辕门进去，然后再进府门。"辕门"在现实的古典建筑中基本已经消失了，人们只能从古典小说中还能见到"辕门"两个字。如《杨家将》中有"辕门斩子"的故事，《三国演义》里也有"辕门射戟"的故事。

目前，恭王府仍保留着一座东辕门，就在毡子胡同南口路西，也就是现在恭王府3号门的位置，以前这条胡同叫毡子房胡同。恭王府的东辕门，是北京唯一存在的辕门了。当年来恭王府的人们可将车舆停在两辕门之内，然后步行进府门才行。西辕门就是以前的辅仁大学女校门，门是大红色，上带门钉，门前有一座汉白玉石拱桥，辅仁女同学由此门进府里上课，就

图 11　东辕门（现恭王府 3 号门的位置）（李少武摄）

是后来的"辅仁新桥"。

"文章千古事，得失寸心知。"在历史不断发展又不断折叠的过程中，总是需要有人来重拾过去，翻阅沧桑，在旧日的风土人情中，洞晓文化的脉络，珍视每一代人认真而辛劳存在过的岁月。

2023 年 8 月 31 日于家宅

（赵书华执笔整理）

（屈祖明：清华大学国际交流中心教授，家住什刹海地区的小金丝胡同 21 号院。屈氏家族 5 代人住在什刹海，他亲身经历了什刹海的变迁。）

我想到的恭王府

爱新觉罗·恒锴

我是恭亲王的第五代后人,虽然不是出生在恭王府里,但是和恭王府有着说不清的情缘。从小就听长辈们说起许多恭王府的故事,就知道那里曾经是我们的家,既有着一种莫名的亲切感,又有着沉甸甸的、难以言说的情怀。记得小时候,也就是六七岁吧,父亲带我去过一次恭王府,他去中国艺术研究院办事。我看到的恭王府已经是破败不堪了,有许多单位、工厂在里边,就是个大杂院,哪里还有王府的感觉呀!虽然我还很小,但那种失落感、苍凉感油然而生,和我想象的王府有着天壤之别。它给我的最初的印象是极不好的。后来长大了,知道了不少清朝历史,知道了什么是历史的变迁,对祖辈在那里的生活也慢慢清晰了,再看恭

图1 爱新觉罗·恒锴

王府，就是另一种感觉了，觉得时间这个东西太奇妙了，它带走了多少人和多少事啊，留下的却只有让后人说不完的故事和唏嘘不已的感叹。

人其实挺怪的，总爱听一些离奇的事，是满足好奇心，还是给自己茶余饭后增加些谈资呢？每每走到恭王府里，听到导游给游客讲的更多的是和珅的故事，再看那些"导游"和短视频的博主，更是信口开河，编造也好，臆想也罢，添枝加叶，口若悬河地讲着似是而非的所谓的历史故事，讲的人像煞有介事，口沫飞溅，听的人如醉如痴，信以为真。一座恭王府，就成了取悦大众的娱乐之所，我只能摇头叹息了。

说起恭王府，有许多可研究探讨的。从建筑上讲，就有许多有意思的地方，像流杯亭、蝠厅、西洋门、邀月台都是很有特色的。再说起这所园子里的主人，更是你方唱罢我登场，有着千奇百怪的掌故，说也说不完。看着这些文章，我作为府里边的后人时时汗颜，自叹不如。可我觉得对恭王府里"家长里短"的介绍文字还是不多的。当然有人会说，那都是腐朽的文化、没落的文化，不值一提，然而在我看来，它也有好的一面，是值得人们认真思考的。

据说老恭王爷经常跟子孙们说，人都是一样的，都是俩肩膀扛一个脑袋，你比别人高多少啊？老辈人从不把人分成三六九等，这种思想影响着后边数辈人。长辈的许多谈话和他们的行为，让我有着深刻的感触，对家里的用人，对那些太监都客气至极，没有把谁看成"下人"。更别说是对服侍长辈的人，那可真是恭敬，总是以"您"相称，绝对不会摆出主子高人一等的那种盛气凌人的姿态。

据说府里只分长幼，不分主仆。那时在府里边吃饭，孩子永远不可能和父母同桌的，而是分开和所谓的用人在一起吃饭，饭菜也是一样的。据我祖父讲，就是和奶妈等用人一起吃饭，也是他们先动筷子，孩子们才能动筷子，不然是要挨呲儿的。这种平权的做法和想法是根深蒂固的。据说有一次溥伟骂了请来修房子的瓦匠，被高祖载滢一顿训斥，最后是给瓦匠下跪谢罪才算罢休。

我二爷爷溥儒和爷爷溥僡小时淘气被奶妈打，曾祖母只能在一边偷偷掉眼泪，事后教训他们说"不许再惹嬷嬷生气啦"。这种待人接物的门风难道不是一种很值得保留的传统美德吗？

说起文化，我认为所谓"文化"就是人们为了顺应自然环境、社会环境自觉形成的活法儿和做法儿，不顺应就无法生存。王府里的"文化"形成当然也逃脱不了社会环境的影响，起码迫

图2　爷爷溥僡（叔明）　　　图3　二爷爷溥儒（心畲）

使府里的人要规规矩矩，不能有丁点儿的造次。特别是老恭王在政治舞台上的大起大落给整个恭王府造成了精神上的压抑和生活上的小心翼翼，以至于几代人都始终保持着谨小慎微、不事张扬、安分守己的生活态度。那时府里的太监是慈禧派来的，名义上是慈禧对恭王的照顾，实则是眼线，大家心知肚明。后来再派来的太监就没有什么监视的作用，只是惯例了。我记得小时候每年春节老太监必到我家来拜年，已经当朋友相处了。

　　就是在那样的环境下，自然而然地形成了府里的人循规蹈矩、待人谦和、低调做人做事的习惯。当然也出过载澄那样的异类。据说当时老恭王由于受到排挤躲到了戒台寺，对载澄疏于管教，才造成了恶果，老恭王对他恨之入骨。载澄病后，老恭王并不积极给他治疗，以致载澄年仅二十八岁就走了。当时府里的人上上下下无不如释重负。听老辈人讲，他的丧事极简，都不及普通人家的隆重。自然载澄也就成了反面人物。

　　在府里的吃、穿、用、住都是很简朴的。吃的方面听祖辈们说，每天只有一道肉菜，尤其小辈人更是可怜，只能看着。吃素是再正常不过的事了。据说有一次曾祖载滢得到几根冬笋，那可算是稀罕物了，要人好好做一道里脊笋丝，只是自己和福晋吃，给我祖父几个人馋坏了。后来过了多少年再提起还耿耿于怀呐。可想而知那时王府的实际生活哪里有什么奢侈可言。

　　再有就是穿着了，没有封什么爵位的人没有薪俸，置办不了很讲究的衣服。现在可以从一些照片看得出来，当时穿的全是布衣服。能有一件洋布裤褂穿着就是高级的了。冬天也就是件棉袍，经常连一件马褂儿都不舍得穿。哪里有什么绫罗绸缎，得体即是。据我父亲讲，我祖父结婚时买了一双皮鞋，到最后去世时当"装裹"穿走了。这样的简朴之风现在的人难以理解，也很难做到。时至今天我们许多后辈似乎思想上还受着一些影响，不尚奢靡。

虽然府里过着简朴的生活，可有一件极时髦的东西，外人几乎不太知道。溥伟从日本人手里弄来过一辆小轿车，大概是送给他的，是美国的奥兹莫比尔牌的，溥伟还雇了司机，可没两年他就跑到东北去了。府里也没再雇人开车，扔在院子里成了孩子们的玩具。我姑姑的手指还被车门夹得骨折了。"买煤球都没钱了，还养得起车？"这是我听到的最多的解释。算是府里的一个小插曲吧。

还是说说读书吧。那时府里是请老师来教孩子读书的，一般孩子五岁就开始读《千字文》《百家姓》了。据我祖父讲，一天上课都在七八个小时，进度还特快。八岁左右就开始学着作诗了。长辈还经常考孩子们，稍有不如意之处就会受罚。据说被父亲考比"过堂"还可怕。长辈们好像都会说"不事农耕，不懂工商，再不读书，愧对一天老米饭"之类的话。也是当时的条件比一般人优越许多，不愁吃喝，不为柴米油盐所累。更有一方面别人不能比的地方就是家里的书多。据说家里古玩摆设不多，书却满屋子都是，这为学习提供了极为便利的条件。我爷爷一生研究音韵学和《易经》，这在当时绝对是冷门的学问，这也得益于家中藏书种类的丰富。一辈辈都是这样过来的，于是家里自然而然有了比较好的读书风气。

再有就是写毛笔字了，孩子们必须把字写出点模样来。要求特严，每天规定必须写几百字。可有意思的是不限制你临什么字，任由你挑，欧、柳、颜、赵无所谓，甚至练杂了也不会干涉你。看老家儿写的字都说不上是什么体,好看、规矩就成。这无形中给了孩子们更多的自由空间,对后辈在兴趣爱好或者是选择职业上大有裨益。

说来也有意思,由于府里人们的生活侧重点不在物质生活上,对钱、玩物没有谁在意,也更没有什么提笼架鸟的、玩物丧志的事发生,谁弄个核桃,弄个瓷器,绝对没有过。这种不为物累、只求精神富裕的文化现象不是很可贵的吗?不是我们应该发扬光大的吗?它一点也不腐朽,一点也不落后。

还有一点是别人不太在意的方面,就是府里的语言习惯。现在看一些视频或影视剧,对北京的语言有一种夸张的表达,好像说得越圆滑、越随意、越玩世不恭越是北京的特色。其实并不是那样。在王府中说话必须是规矩的,绝不允许油腔滑调、吊儿郎当、"嘴里跟含着热茄子似的",那是不被允许的、绝对要挨一顿"教育"的。与其说这是语言的习惯,不如说这是文明修养的习惯。能老老实实地吐字发声为什么要含混不清,甚至故意吞字或拖个怪音?似乎不那样不足以显示自己是纯粹的老北京?这简直是无稽之谈,这是对北京话的不尊敬,也是对谈话对象的不敬。这不是讨厌土、俗、市井气,而是老一代北京人谦和、礼貌的表现。我祖父溥偙之所以研究音韵学,据他讲也是因为感觉北京土话与普通话(那时叫官话)之间存在着一些差异,从而对语言的发音、词汇等等产生了兴趣。

爱新觉罗家族在书画方面出了不少有造诣的人。远些的有成亲王、载瀛,近的有溥儒、溥雪斋、溥松窗、启功和家父毓峋及毓嶦等人。尤其是我二爷爷溥儒(溥心畬)成就、名望最高，20世纪他在画坛中地位很高，素有"南张北溥"之称，被誉为中国文人画最后一支笔。之所以能有此成就也是因为府中有着得天独厚的条件，有许多藏画，可看可临，这也是旁人难以得到的。那时想看些古画几乎是不可能的，不像现在有各种展览、画册，有网络这么方便。二爷爷溥儒潜心钻研临摹了大量的古画，受益匪浅，终有所得。

家父很小就随二爷爷溥儒学画，几乎天天都画。那时没有写生的概念，可我二爷爷溥儒有时事儿多没时间教家父画画，于是就让他画府里的建筑。因此他的写生能力很强，这对后来家父能考上辅仁大学艺术系也有非常大的帮助，更使他对府里的建筑有了极深的了解。跟随二爷爷溥儒多年，无论是画风还是技法都打下了很扎实的基础，不敢妄言是承袭了宋元之气，但毕竟保留了很深厚的中国文人画的风格，致使家父在绘画中取得了不俗的成绩。由于家父对恭王府有着深刻的记忆，有比

图4　爱新觉罗·毓峘（继明）

较详尽的了解，当年恭王府在重新修缮准备对外开放时，管理处特聘他为特邀顾问，同时他还向恭王府捐赠了数件文物。

恭王府修缮后家父每到八月十五都带着我们来大戏楼听戏赏月，这种回家过节的感觉真好。自从家父去世后我也时常带着儿子启瑞及家人来恭王府走走，我们在一起聊聊祖辈们在府里有趣的事和曾经的生活及发生的故事，想让孩子们都能记得这些，记得这里也曾是我们的家。这也算是一种文化的延续和传承吧。

我是从八岁起开始就跟家父学习绘画。那时正赶上特殊的年代，学校基本处于停课状态，家父就开始教我画画。有趣的是他从大学一年级的课程开始教我，透视、素描、色彩、图案……用了三年多的时间几乎把他所学的课程全教给了我，这也给我打下了良好的绘画基础。再加上我临摹了二爷爷溥儒大量的山水、花卉画作，使我对中国画的传统画技法有了比较透彻的了解和掌握，虽然没有得到过二爷爷的教诲，可每每看到二爷爷的画总觉得他在教导着我、指点着我。

后来家父又带我去许多前辈的家中学习中国画，其中有族中的溥松窗、溥佐、启功、毓嶦等人，那时没有拜师之说，就是隔三岔五地去学、去问。我去溥松窗家次数较多，我称他六爷爷，老人家很少有笑脸，但言谈举止非常有趣，我那时只有十三四岁，既喜欢听他讲画，又有点怵他。同时，我还随家父的同窗侯长春先生、赵静东先生学习了许多东西。侯先生是我的中学美术老师，常常和我开玩笑说"跟你爸学去"。就这样山水、花卉、人物似乎全都涉及了。虽然成就无法与先辈相提并论，但毕竟让府里的绘画艺术在我手上得以延续下去了。再后来，家父带我在日本、加拿大、美国等国举办过画展或联展。

近些年，我也以恭王府为题材画了许多作品，一是想以笔墨做些纪念，二是聊以告慰先人。拉拉杂杂想到哪说到哪。一座恭王府不仅是一些建筑和故事的存在，更应该看看它是不是还留下来什么可以传承的文化呢？

2023 年 5 月

（爱新觉罗·恒锴，1957年生，男，中国美术家协会北京分会会员、北京市美术家协会东城区分会理事、首都图书馆荣誉馆员、长白书画研究会理事、北京九州书画艺术研究会理事、华夏书画院名誉院长、行宫书画院院士。）

与恭王府结缘

李少武

我是个土生土长的北京人,打小就生活在什刹海这片地界儿上。对这儿的一草一木、一砖一瓦都有着深厚的感情,至今回想当年的往事依然历历在目。

20世纪50年代,我出生在距离恭王府不远的小新开胡同。四五岁时,母亲在厂桥电器厂上班,她工作的车间就在恭王府花园的湖心亭,那时的湖心亭不像现在这样是敞开式的,而是把廊柱间封砌成一个大房子,墙的上半部分留有可开启的窗户,一方面利用它通风换气,再者就是从这个位置观览恭王府的湖光景色,那可是一个绝佳的地点,一般人还进不到这里来。记得有一次,我闲得没事,独自一人溜达到了湖心亭车间,见母亲她们正在干活,那时她们是做日光灯镇流器里的变压器,工作台上放着好多矽钢片,母亲的工作是绕变压器上用的线圈。她们都低着头忙手中的工作,我在车间里转了一圈就到别的地方玩去了。那时候我觉得母亲工作的地方真好,每天上班都能走进恭王府花园,穿过小桥进入车间,工作之余还能观湖看景,真是福气多多呀。

"文革"期间,住在人院里的孩子们兴过一阵养蚕,我也从

图1　恭王府的湖心亭（李少武摄）

小伙伴那里要来一些蚕子，用纸折成一个个小方盒，把粘有蚕子的纸片，撕成一小块一小块的，分别放到纸盒里。每天一有空就趴在小盒边观察，过些天，蚕子便逐渐变黑，幼蚕慢慢长成后咬破硬壳钻出来。这时要把桑叶轻轻地放到盒里，小蚕便爬到桑叶上静静地啃起来。恭王府花园西墙边的小山包上种有桑树，那些日子，隔几天我就到那里摘些桑叶回来喂蚕。除了摘桑叶，等到桑葚熟了的时候，为解馋也曾蔫不唧地一个人到那里摘桑葚吃。后来国务院宗教事务局搬到那里办公，便不让随便进园了。

　　1987年我结婚后，住在铜铁厂胡同，出胡同东口往右走，不远处就是1988年恭王府花园对外开放时游客出入的6号门。1997年前后，我的孩子还小，爱玩遥控汽车，我就带着他到恭王府，跟门卫师傅打声招呼，恭王府的门道就成了孩子玩耍的场所。2009年恭王府的前半部分也修缮完毕，出入的大门也移到南边的正门。从那时起，恭王府全面对外开放，成了京城什刹海旅游的重要景点，渐渐地，恭王府在国内外的名气越来越大了。

2000年前后，我协助父亲续写家谱，从那时起我对高阳李氏家族有了初步认识，此后因修族谱，时常与全国各地及海外亲友联系沟通。通过修族谱也增强了家族的凝聚力，2011年10月，北京率先成立了北京高阳李氏宗亲会。2016年清明节，李氏家族两百多人在祖籍地举行了隆重的祭祖活动，当天成立了高阳李氏宗亲会，选举出第一届领导班子，我有幸成为首任会长。这让我感到压力很大，要加倍努力，多做实事，不辜负族人对我的信任。

此后数年，我在李氏家族的事业上投入了更多的时间和精力，并翻阅和收集整理了大量有关李氏家族的资料，这当中我无意发现在100多年前，我的祖上竟还和恭王府有着那么多交往及奇闻逸事。今年恰逢恭王府博物院成立40周年，清华曲教授等也多次鼓励我，把李氏家族与恭王府千丝万缕的联系写出来，然，水平所限，请多包涵。

高阳李氏家族从明朝末年到清朝截止，共出了3个宰相、12个进士和40多位文武举人。其中，李鸿藻是咸丰皇帝在1860年5月，为大阿哥载淳（即同治皇帝）选的第一个师傅。1862年2月，同治皇帝6岁正式典学时，两宫皇太后懿旨：以李鸿藻、祁寯藻、翁心存（他去世后，李鸿藻举荐其子翁同龢接替）、倭仁为师傅，入职弘德殿，授穆宗读。惠郡王绵愉常川照料，其子奕详伴读（后增奕询），所有皇帝读书课程及弘德殿一切事务均由恭亲王总司稽查。自此，李鸿藻与恭亲王的交往正式开始。

图2 李鸿藻画像

恭亲王是慈禧的小叔子，在咸丰去世后，曾协助慈禧发动了辛酉政变，打击了肃顺等顾命八大臣的势力，为慈禧的登台立了大功，被授予议政王之衔，并担任领班军机大臣与统领总理各国事务衙门大臣。

在同治当上皇帝三年后，慈禧皇太后便让李鸿藻涉足政坛，从开始的内阁学士署户部左侍郎、礼部右侍郎，到同治五年（1866）担任军机大臣。在清廷所设的六部中，他做过5个部的尚书和总理各国事务衙门大臣。由于工作关系，他与恭亲王奕䜣之间的交往与合作也变得更加密切。

由于他们之间政见相同，所以在处理一些事件上非常默契。例如：1869年9月，安德海借口为皇帝定制龙袍而私自出京。仗着是慈禧老佛爷身边的红人，一路上招摇过市，狎妓，饮酒，还大胆地乘坐挂有龙旗的舟船。秉公执法的山东巡抚丁宝桢得知此事，派人一路跟踪，待掌握确凿证据后，果断将其拿下，并飞报朝廷。文件到了军机处，恭亲王和李鸿藻等人看后觉得，按规制宦官不得出京，但他还竟敢如此嚣张，必须严惩不贷，并立即向同治帝禀报。同治帝碍于慈禧的颜面，一时拿不定主意，李鸿藻作为同治皇帝的师傅，反复向他说明处理此事的利害关系，并设计了"先斩后奏"的方案，得到了同治帝的认可。但李鸿藻怕其反悔，当面书写廷记"令所在严捕，勿庸讯供，就地正法"，交寄下发，上演了一幕晚清政坛上惊心动魄的大事件。

还有1873年2月23日，同治皇帝亲政。同年11月17日同治帝发布谕旨重修圆明园，李鸿藻多次明疏与密谏劝阻。御史沈淮及游百川也疏谏劝阻。同治帝大怒，但游百川毫无惧色，仍正言申辩，惹得同治帝颁下谕旨："着将该御史游百川即行革职，为满汉各御史所告诫，俟后再有奏请暂缓者，朕自有惩办，特谕。"1874年3月7日，重修工程正式启动。8月17日，因重修圆明园，以妄称报效木植的李光昭贪污案被揭发。借此时机，8月27日，恭亲王、醇亲王等上折敬劝同治帝："畏天命，遵祖制，慎言动，纳谏章，重库款，勤学问。"此奏折草稿是贝勒奕劻（后封庆亲王）所写，由李鸿藻润色而成，折底由李宗侗收藏。8月29日，同治帝召见恭亲王、醇亲王、文祥等人。同治帝看折没几行便说："我停工何如？尔等尚有何饶舌？"恭亲王答："臣等所奏尚多，不止停工一事，容臣宣诵。"同治帝没等他宣读完就大怒道："此位让尔如何？"其实重修圆明园原为太后之意，并非皇帝初衷，要停工他也不敢擅自做主。据李宗侗所查，他还发现另一封李鸿藻亲笔所书的奏折。但折首脱落四字，似为"皇上侍奉"。内容为陈述园工势在必停的各种理由，恳请太后明降懿旨。

同年9月8日，同治帝召见恭亲王，复问劝折中微行一事听谁所说，恭亲王回答"臣子载澄"，帝更怒。9日，皇帝召见李鸿藻、翁同龢及御前大臣，责备恭亲王离间母子，把持政事。卒定停园工，修三海。同日，下谕旨革去恭亲王一切差事，降为不入八分辅国公，交宗人府严议。李鸿藻等人极力劝阻，但皇帝不予采纳。10日，朱谕："……着加恩改为革去亲王世袭罔替，降为郡王，仍在军机大臣上行走，并载澄革去贝勒郡王衔，以示惩戒。"慈禧太后得知后，急忙赶到弘德殿，哭着对同治说："十年来无恭亲王何有今日，皇帝年少未更事，昨谕着即撤销。"当天同治帝便撤销原旨，并颁谕旨："……将修圆明园一切工程即行停止，并令该管大臣查勘仅三海地方，量加修理，为朕恭奉两宫皇太后驻跸之所……"至此，修园风波告一段落。

停修圆明园一事，李慈铭在他的《越缦堂日记》中也写道："自去年园工之兴，上疏者沈、游两御史，大臣惟李尚书（即鸿藻）力争之……近日李尚书及侍讲宝廷亦言之甚切，皆留不报。"李鸿藻劝说同治帝及慈禧皇太后缓修圆明园一事，中央电视台曾在2016年4月15日《国宝档案》栏目中进行了详细讲述。

李鸿藻与恭亲王之间的交往，不仅仅限于工作之中，两人的私人关系也甚好。每年春节相互拜年，有些年恭亲王身体不太好，李鸿藻便常去看望，若一时抽不出时间，就派人代他前去问候。在兴趣爱好上，他们也有许多共同之处。李鸿藻不仅学识渊博，而且还是一位卓有建树的书画家，他画的花鸟、扇面还曾是当朝士大夫手中的珍玩。清史《画传》中，为他单列条目作了介绍。恭亲王也曾向他索求过字画，李鸿藻日记中多处提到过这些事。例如：1864年7月10日惇邸谢恩，晤语久之。恭邸索画扇；18日早间，恭邸相晤，嘱题小照；19日恭邸送来册页，格锦一幅，嘱题竹深荷静小照；26日巳正三刻退直，午后少睡，醒后为恭邸题竹深荷静诗，拟作七古，尚未脱稿，书扇二柄；31日晴，极热，早课甚顺，已正三刻退直，小疖渐愈，为恭邸书竹深荷静册子，手生腕劣，笔墨皆不调均，殊不惬意。

图 3 李鸿藻书法作品

  清朝时期，那些高品位官员大多喜欢收藏，因个人爱好不同，所收藏的类别各异。但古籍、字画大多有所涉及。好友聚餐约会期间，展示欣赏藏品也常常作为其中的一项重要内容。光绪七年（1881）12月1日，翁同龢曾在日记中写道："于兰翁处得见陆平原《平复帖》手迹，纸墨沉古……此卷为成哲亲王分府时，其母太妃所手授，故以诒晋名斋。后传至贝勒，贝勒死，今归恭邸，以赠兰孙相国。"（伺按：此墨宝公不久即退还恭亲王，至溥儒时售于张伯驹。）

  《平复帖》是我国现今发现最早的且流传有序的名人法帖，它书写的时间比王羲之的《兰亭序》还要早七八十年，被收藏界尊为"中华第一帖"，也被评为九大"镇国之宝"之一。恭亲王能把这么珍贵的物品赠送给李鸿藻，由此可见他们之间的关系非同一般。然而李鸿藻在获得此物欣赏把玩一段时间后，并未在此帖上留下任何痕迹（因此物甚为珍稀，无论帝王还是藏家，都会在获得此物后或题跋或临印，以彰显自己曾经拥有过），完好无损地退还原主。彰显出李鸿藻坦荡胸怀和不为财所动的君子之风。

一件国宝《平复帖》，将庆王家、恭王家、李鸿藻及家住后海南沿 26 号的收藏家张伯驹联系在一起，这百余年逸事，将会在什刹海地区史上留下浓墨重彩的一笔。

图 4 《平复帖》

关于恭亲王送李鸿藻《平复帖》一事，我在李宗侗《敬悼溥心畲大师》的文章中也查到一些详细内容。李宗侗是李鸿藻之孙，著名历史学家，曾任故宫博物院秘书长，溥心畲是恭亲王之孙，著名书画家，他们两人于 1949 年前去了台湾，1952 年李宗侗在台北世界书局与溥心畲见面时谈到了《平复帖》。说光绪七年恭亲王将此帖送与李鸿藻，李鸿藻不肯收，说："这是皇家的旧物，仍应当归你所有。"恭亲王又坚持相赠，李鸿藻只好答应留观几个月，后来他托祁世长令人照相后，又归还给了恭亲王。谈到此事溥心畲感慨道："早知如此，此帖由你们保管更好，当不致卖掉。"

那一天，世界书局请他们在萤桥旁吃涮羊肉，他俩又谈了许久，溥心畲还向李宗侗透露了两件事：一是咸丰皇帝前往热河时命恭亲王留守北京，并朱笔写了一条上谕给他，大意是，如有意外事件发生，你即可自登大位，诸事当以社稷为重。此谕一直保存在恭亲王手中，后小恭亲王溥伟将其交给溥仪。二是他的姑母即恭亲王的女儿，曾受恭亲王之命拜李鸿藻为义父，李鸿藻拖了很久才接受。溥心畲又说，后来他的姑母在恭亲王的牌位旁边另供李鸿藻的神位。以此说明，他的话不假。

图5　李宗侗照片

　　李鸿藻1820年2月14日出生，恭亲王是1833年1月11日出生，两人相差12岁。他们在同治朝可称为皇帝的左膀右臂，例如：1874年12月同治帝病重期间，《穆宗实录》12月8日有这样的记载："上不豫，仍治事如常，命军机大臣李鸿藻恭代批答章奏。"13日记载："惇亲王等议奏，圣躬正宜调摄，每日批折仍遵前旨，暂由李鸿藻敬缮批答。清字折件，暂由奕䜣等敬缮。从之。"由此可以看出二人当时在宫中的地位之重。虽然他们位高权重，但并不总是威严正襟、板着面孔，偶尔也会像常人一样开个玩笑，逗逗闷子。比如，在奉命筹办同治帝大婚期间，当李鸿藻看到内务府报上来的预算，仅宫中悬灯一项就要花费很大一笔钱。于是他找到恭亲王发牢骚，认为太过于铺张。恭亲王则说："皇帝大婚难道不该庆祝吗？挂点彩灯当不为过。"李鸿藻说："江山都是你们家的，论起来皇帝大婚悬灯挂彩，应东起山海关、西至嘉峪关皆应悬挂，又岂止这点经费。"恭亲王听后连忙说："你的话太直，不可用，不可用。"

1897年李鸿藻去世,享年78岁。光绪皇帝颁谕旨:"……着赏陀罗经被,派贝勒载濂带领十名侍卫,即日前往奠醊,加恩予谥文正,晋赠太子太傅,照大学士例赐恤,入祀贤良祠。……灵柩回籍时,并着沿途地方官妥为照料。伊子刑部员外郎李焜瀛,一品荫生李煜瀛均着赏给郎中,伊孙李宗侗着赏给举人。准其一体会试,用示笃念荩臣之至意。钦此。"

慈禧皇太后懿旨:"……着派郡王衔贝勒载滢带领侍卫十员,即日前往赐奠。用示笃念耆臣至意。钦此。"这贝勒载滢就是恭亲王的次子,并且还由京城一路护送到原籍高阳。

1898年恭亲王奕䜣病逝。由于他对朝廷做出的杰出贡献被着赏陀罗经被,赐予谥号"忠",入祀贤良祠,并配享太庙。其孙溥伟袭爵恭亲王。

李鸿藻与恭亲王奕䜣生前同为好友,去世后又同入贤良祠。

高阳李氏家族与恭亲王家族的交往至今已延续五代。20世纪90年代初,我和族叔李树琪一同到恭王府参加了爱新觉罗后人书画笔会。族叔是著名书法家,他多年研习书法,创出两种书体:"一笔飞白"和楷书。因为我们祖上从清朝开始直到清亡,一直都有人在朝中做官,并与爱新觉罗家族交往颇深,所以他们家族的后人有活动时也乐于邀请李氏家人参加。我受父亲影响,从上初中就喜欢摄影,到国际俱乐部工作后,更是迷上了摄影。由于时常在摄影比赛中获奖,在摄影界也有一定的名气,所以单位有重要活动及国家领导人或外国元首来访,都由我负责拍照。为此族叔只要有较重要活动,也常约我同去。记得那次笔会参加的人有:恭亲王次子载滢之孙毓岧和夫人丁克、溥仪指定的接班人毓嵒、毓容的夫人松惠和在故宫博物院工作的祖莪,以及现如今爱新觉罗家族中书法最有名的启骧和擅长画葡萄的启元。毓峷画山水见长并且"龙"画得很传神,毓嵒的书法很有独到之处,丁克和松惠画花卉,启骧先生还在笔会当中给我在首日封上题写过对联。活动结束后,我把照片分别送给他们,他们都非常高兴。以至后来我们之间都成了很要好的朋友,他们有事也愿意让我帮忙。例如毓嵒的儿子恒钧结婚时,就请我给他拍了婚礼,并在婚宴上又结识到溥仪的夫人李淑贤、最后一代恭亲王毓嶦、恭亲王的曾孙毓岠等人。之后他们当中有人需要翻拍个字画什么的也常来找我。当我有需求时,他们也同样热情相助。如1995年我和弟弟在中国摄影家协会举办个人摄影展时,我设计的请柬就是毓峷老先生给题的字。

图6　毓峷和夫人丁克（李少武摄）

图7　李少武、李右武摄影作品展请柬

  和恭王府结缘，不仅仅是因为我的家与恭王府距离很近，而更为重要的是我们家族成员在这100多年间与恭王府五代人之间结下的深深的情谊，使得我每每来到什刹海这片地界儿，都会自然地产生诸多的眷恋之情和那些久久不能忘怀的记忆，这些是只有我们这些在什刹海附近居住的人才会有的真情实感，是局外人体会不到的。

2023年9月3日于京城寓所

（李少武，男，1956年生。原北京国际俱乐部公司工会主席，现为高阳李氏宗亲会会长。）

我的老师毓峘先生

王铁成

我的老师爱新觉罗·毓峘先生，是正儿八经的清朝皇亲之后。

爱新觉罗·毓峘（毓继明），满族。1930年生于北京恭王府，2003年在北京因病去世，享年73岁。其高祖为清朝道光皇帝，曾祖父为恭亲王奕䜣，祖父载滢，伯父溥儒（心畬），父亲溥僡（叔明）。

毓峘先生生前为中国美术家协会会员、著名画家、文化部恭王府顾问、丰台区政协委员，曾担任人民美术出版社美术编辑，中国音乐学院、中央音乐学院客座教授。从20世纪50年代起，先后绘制了《泼水节》《骆驼祥子》等连环画，并为多部小说创作插图。20世纪80年代，编纂大型图书画

图1 我的老师爱新觉罗·毓峘先生

册《风筝》。他曾在电影《骆驼祥子》《春桃》、电视剧《四世同堂》中担任风俗、历史顾问。1988年，举办个人三弦传谱音乐会。同年，在人民音乐出版社出版《清故恭王府音乐——爱新觉罗·毓峘三弦传谱》一书并灌制磁带，溥杰先生为其题词作序。

说起和毓先生相识，是巧合也有机缘。那是1977年的春天，中国美术馆举办了一次美展，其内容、题材、形式一改过去的单一面貌，百花齐放、百家争鸣，当时这里成了一个人们思想、心情的释放点。我也和大家一样，怀着激动的心情参观了这次展览，也就是在美术馆，我第一次见到了后来影响我良多的毓先生。

那天，美术馆里人头攒动，热闹非常。在老画家潘絜兹先生的一幅画作前，有七八个人正在观看，看得出来，他们是相约一起来的。潘先生画的是屈原的《九歌图》，画作构图新颖、色彩别致，吸收了很多西画的元素，很是亮丽，人物线描非常精准，功力非凡，装在画框里，视觉效果尤其强烈。就在我暗暗为潘老的画技叫绝时，身旁冒出的一句尖刻犀利的话让我吃了一惊："潘絜兹的画怎么画成这样了？真是越画越回旋……"我忍不住循声回头一看，见一女子正口若悬河地议论着，周围几个人也一边观看一边品评着。唯有一人，不言不语的，但看得出来是个核心人物。此人个子不高，身着蓝色制服，鼻梁上架着一副黑边眼镜，面貌清清爽爽的，周围的人都称呼他"yù"师傅。此时，看到大家无所顾忌地评论，"yù"师傅终于说了几句，声音不高但一下让众人都收了声儿："潘先生的画，我一直比较推崇，尽管我不画工笔。但潘先生的人品和技艺是非常高的，特别是以他为首的一批画家在20世纪50年代去敦煌临摹壁画，那在美术界产生的影响和贡献，是无法估量的。潘先生手头儿的功夫非常深厚，一般人比不了，首先我就比不了……"听着这一口儿纯正地道的京腔，我顿觉很是亲切，不由得仔细打量那位"yù"师傅，他也礼貌地向我点点头，一脸的慈祥。我当时想，他一定是位不俗的画家。许多年后，和毓先生谈及这次巧遇，他都说还有印象。那个场合、那个时间、那次机缘，我与毓先生的一次目光相对，结下了一段师生的缘分。

那天在美术馆巧遇之后，我就随着他继续看展览，边看边听他对画的评点，长了不少见识。时间过得很快，一上午的工夫不知不觉就过去了，眼看着"yù"师傅一行人渐渐离开了我的视线，我才突然醒悟，怎么不主动和"yù"师傅认识一下呢？可真是的！等我想追上前去时，他们一行人却已经离开了。带着遗憾和懊悔的心情回到家中，和母亲谈及此事，母亲也赞成我的想法，这让我愈加后悔，好一阵子茶饭不思。

那一年岁末，我从插队的农场办好病退手续，回到北京。从那以后，为了却心中夙愿，我就经常去美术馆看展览，希冀能再次遇到"yù"师傅。几个月过去了，也没能圆了心愿。心想，也不知他在什么单位工作，茫茫人海，何处寻觅！

要不怎么说是缘分呢！终于有一天，一位好心人看到我回京后终日无所事事，就问我是否愿意干点什么。他说他认识一家美术厂的一位画家，愿意将我介绍给他。我很爽快地就答应了。

第二天，我们相约一同去那家美术厂。这是一家生产工艺品的集体企业。到那里后，没想到见到的第一个人，竟然就是我一直想见却未能见到的"yù"师傅。原来，他是这家企业的技术厂长和总设计师。见到"yù"师傅，我此时心情真是又惊又喜。经介绍我才知道，原来他是爱新觉罗·毓峘，毓继明，"继明"出自《易经》"大人以继明照于四方"，是正宗清代皇亲血统。毓先生出生在恭王府，是溥心畲先生的侄子。

毓先生早年师从其伯父、画坛一代宗师溥心畲学习书画，后又受到堂叔溥松窗的教导。成年后进入专业院校学习美术，打下了坚实的基础。山水、花鸟、人物、动物无所不能，尤其是山水画，风格秀丽、笔墨深厚，传统功力扎实，很早就已经是享誉画坛的名家了。他创作的连环画《泼水节》在第一届全国连环画评比中获得二等奖。20世纪60年代，在人民美术出版社工作时，他的插图等技艺在出版界已备受推崇。此后，他又根据老舍先生的名著《骆驼祥子》画了连环画，一经出版就在社会上产生了广泛的影响。至今，张恨水的《夜深沉》《啼笑因缘》还在沿用当年他画的插图。

毓先生的绘画很早就有了社会影响。改革开放初期，溥氏家族应邀到香港举办学术交流，他的人物画最受欢迎。他的国画作品得溥心畲先生真传，从传统入手，山水、人物、花鸟、走兽无所不能，样样精到，是当年有名的"毓快手"！1998年，北京电视台《美术广场》节目作过专题报道。

毓先生为人十分谦和，有问必答，其山水画基础深厚，又学过西画，造型把握得十分严谨，深厚的文化底蕴及看待事物的独到见解，让人十分佩服。毓先生言传身教，对学生要求很严格，喜爱勤奋好学的学生。和毓先生在一起，其平易近人的品德让人感到亲切温暖、轻松自在，他对我们这些学生如同对自己的孩子一般。

在毓先生门下为学生，既不用交学费也不用买笔纸，毓先生还经常拿自己的画让我们临摹，非常耐心地讲解各种技法及要领。后来我到报社当美编，为报纸画插图，既要能烘托文章气氛，又要在限定时间内快速交稿，我能应付裕如，多得益于毓先生的技艺真传。

毓先生博学多才，不仅在绘画上技艺高超极有成就，在音乐上也造诣颇深。尤其是传统乐器的演奏方面更是炉火纯青，不是一般人能达到的水平。记得有一次过年的时候，大伙聚在一起联欢。先是李见宇先生表演了一回气功和大成拳，李老师是武学大师王芗斋的真传弟子，虽然年纪已经五十多岁，但从小习武练就一副好身板，一招一式都透着力量和精气神。之后，毓先生出场，先生弹了一曲大三弦儿。我这才知晓毓先生原来还有这么多才艺。毓先生谦逊地和大家打招呼，然后从一个旧蓝布袋儿里取出三弦琴。我虽然不懂乐器，但也看得出这是一把很有些年头、很讲究的乐器。毓先生这时一改往日的矜持劲儿，精神一振，舒腰伸掌，亮了个相儿，只见他左手托住琴身，右手轻弹，叮咚悦耳之声顺着指尖如流水一般倾泻而出。曲子很好听，但我不知道先生弹的是什么曲子，请教身边的人方知是古曲《合欢令》。一曲下来，毓先生似乎意犹未尽。这时，又有人提议让张师傅唱一段大鼓。张师傅也不推辞，就由毓先生又伴奏唱了一段京韵大鼓《丑末寅初》。张师傅唱得非常到位，和毓先生似是一对极有默契的老搭档，珠联璧合，引得大家齐声叫好。

20 世纪 70 年代末，作为曲协主席的侯宝林知道毓先生会弹大三弦，听说还是成套的乐章，觉得有必要将宫廷音乐流传于世，专门找到他希望能够把清宫音乐整理传承。到了 20 世纪 80 年代，中央音乐学院谈龙建教授登门拜师。毓先生凭着惊人的记忆，谈龙建作为他的助手，历时三年，终于全面系统地把清廷音乐《弦索十三套》整理完成，给后人留下了宝贵的文化遗产，并在音乐厅举办了"爱新觉罗·毓峘先生清廷音乐独奏音乐会"，中央广播电视总台全程录像并分上、下集在电视上播出，在社会上产生了广泛影响。

毓先生还是设计制作风筝的高手，一个日本朋友特意为他出版了名为《风筝》的大型图书画册。从传统工艺、制作到彩绘，一一由他手绘完成。这本画册也是工具书，更是我国民俗传统的精华。原来北京人民艺术剧院的演员李翔和毓老师是好朋友，也喜欢玩儿风筝，经常找他一起切磋技艺。尤其是把风筝做得小到能放在火柴盒里，而且是工艺精湛的沙燕儿（风筝的一种），画工精细到了极致，令人叫绝。曾经在胡同里放飞，见者无不惊叹。

20 世纪 80 年代，北影著名导演凌子风为拍摄电影《骆驼祥子》，曾专门请教毓先生，并聘请其为该片的风俗顾问。其中庙会场景草图就是出自毓先生之手。以至于后来电视连续剧《四世同堂》的导演，也慕名延请毓先生出山，为这个剧指导设计场景、道具。他的参与，让电视剧真实地再现了那个时代社会的百态世象和各个阶层的生活与风土人情。电视剧播出后反响十分强烈，剧中的场景、人物服饰、风俗以及道具既真实又有内涵。毓先生以他特有的阅历、深厚的文化修养和对艺术精益求精的追求，深受广大业内人士的认同和好评。

青山有墨千秋画，流水无弦万古琴。改革开放后，毓先生广博的才艺逐渐为业内愈来愈多的人所关注。

2013年是毓先生逝世十周年，中央音乐学院特意为毓先生举办了追忆会。我作为他的学生应邀参加。毓先生的为人、品德、学识，令人怀念，令人敬重，令人敬仰。作为毓先生的学生，我很为曾亲聆教诲而自豪，更为先生的品德、艺术和成就而骄傲。时光荏苒，又一个十年转眼就过去了。追忆恩师的音容笑貌，常念感恩之情和毓先生相处的日子，深为先生过早的离去而痛心和惋惜。

2023年7月2日

（王铁成，北京人，国家一级美术师、中国新闻摄影学会理事、中国金融摄影家协会首任主席、中国金融美术家协会副主席、中国摄影家协会会员、北京美术家协会会员、北京市老舍研究会会员。）

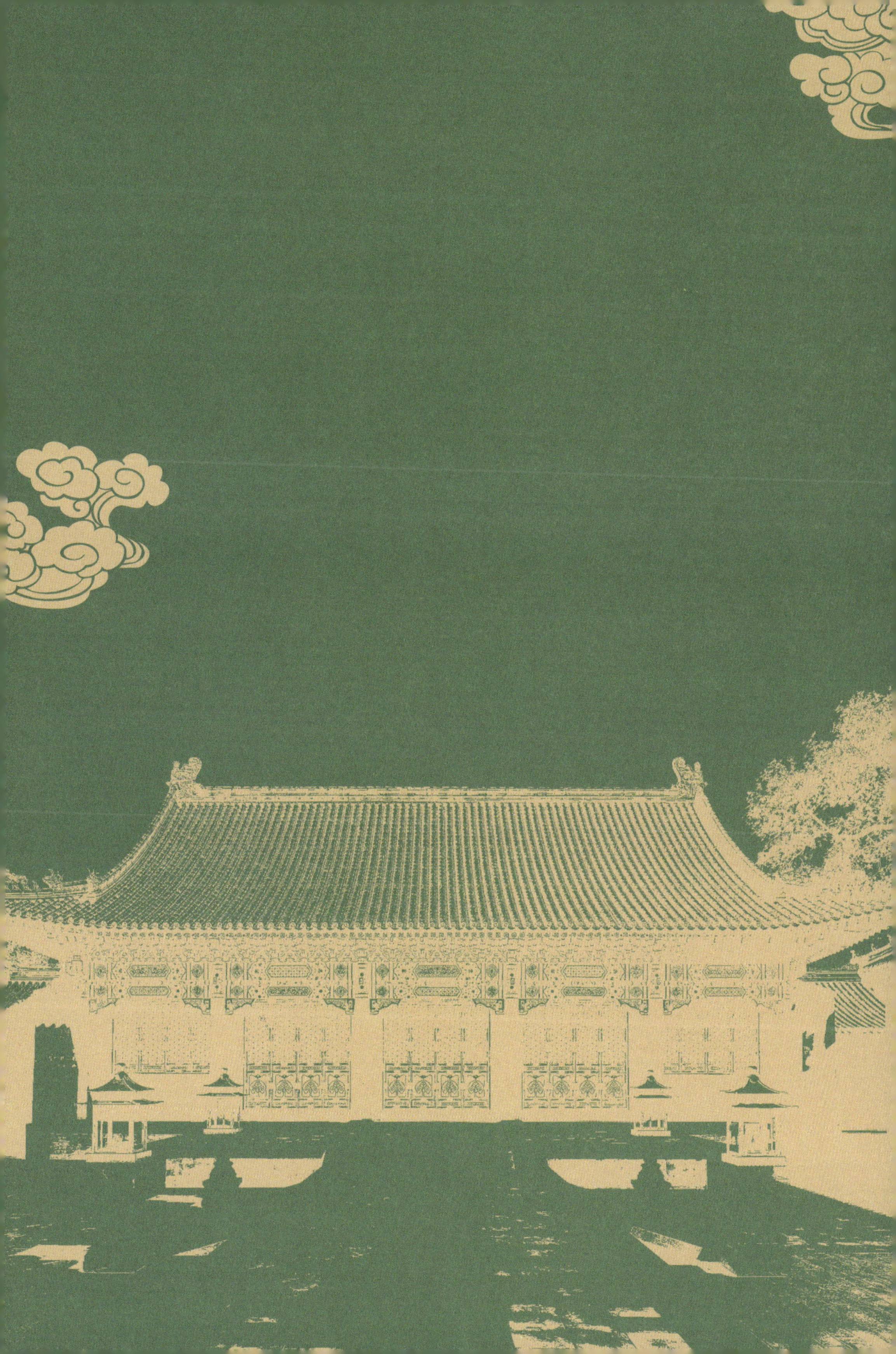

东涯老屋

屠式璠

北官房胡同旧称北官坊口,东起银锭桥,与后海南岸平行。胡同中间的 29 号(旧 13 号)是张伯英先生的故居——东涯老屋。

张伯英(1871.9.8—1949.1.14),著名书法家、碑帖理论家、方志学者、诗人。祖籍徐州铜山县。字勺圃,晚号东涯老人。光绪二十八年(1902)中举。1911 年来京,任北洋政府陆军部、国务院秘书、国务院秘书厅帮办,以及临时执政府秘书、副秘书长等职。1926 年辞官搬入东涯老屋,以鬻字养家,潜心学术研究 23 年,直至去世。其主要的学术成果大都是在此完成的。

伯英先生慎重地选了这样一处学术研究的基地,但却对这所房子的条件及周边的自然环境不甚满意。

这座老屋有房二十余间,组成三进院落。从格局上看,没有一进院子是标准的四合院。伯英先生使用的是三间北房和东西耳房。耳房存储书籍资料,正房是卧室及书房。让老人感觉到特别不舒服的是房间狭小。他曾哀叹:"鬻字为生无伸纸余地。"

最重要的赖以养家糊口的工作场所，却容不下一张书案，只用一张普通的方桌，平时饮茶、吃饭，放上一条毡子即可写字。他所写的店铺的匾额都是按实物尺寸书写。桌上只容得下一个大字，先生站立挥毫，字纸由人牵引，随写随移。写好后还要摆在室内的地上晾干。

至于自然环境，虽然明清时什刹海沿岸就有一些亭台楼榭、古刹、王府，聚集了一些文人墨客，留下了不少人文景观，但20世纪二三十年代的后海却十分荒凉，湖面泥沙沉积，早已成为一片稻田、城市中的农村。不然老舍先生也不会在他的小说中把骆驼祥子安排到后海投湖自尽。

伯英先生在《移居即事》诗中形容此地夏日的情景："卑室蚊成阵，荒渠蛙乱声。"其咬、其吵、其荒凉可想而知。到了冬天，北风越过毫无阻挡的河面呼啸而来，给人以几乎能穿墙而入的感觉。此处比起城中心的房子来气温要低几度。这里，冬夜之喧闹也是别处没有的。过去没有电气制冷手段，北京夏天所用的冰块，都是取自河里的天然冰。打冰人夜间的吆喝声，超载的运冰车的轰鸣声，车上冰块交错的咯吱声使人彻夜难眠。

房子质量、周边环境都不能令伯英先生和家人满意。但经济上的拮据使他无力购买更好的房子。他曾写过一副对联，表达了他的无奈。

联语是："何陋之有；且住为佳。"这上联出自《论语·子罕》，其实孔夫子还有上文"君子居之"四个字；刘禹锡在《陋室铭》中引用这句，阐发的也是在德之馨，不在室之陋。

那么到底是什么原因让伯英先生迁就房子的这些缺点呢？

他在一份润格（售字价格表）前写道："敝居北官坊口，其西李公桥，西涯先生遗迹，伪称李广桥。老屋所在则东涯也。"原来老先生引以自豪的是与李西涯先生为邻。那么西涯先生又是什么人呢？

李东阳，号西涯。明朝大臣，曾受宦官排斥。他也是文学家、艺术家，还曾在宋代名画《清明上河图》卷后留有跋文。这样一位擅诗文、名重一时的高官，又同样是以弃官退隐为归宿的人，得到伯英先生的景仰是十分自然的事。伯英先生自幼就崇敬道德高尚、学问渊博的人。对家乡的抗清志士万年少也是非常崇拜。万年少还是一位绘画、书法、篆刻、诗文俱佳的艺术大师。伯英先生少年时受其影响颇深，致力搜求万氏遗作，曾把自己老家的书房称为"归万堂"。搬入北官坊口之后，颇以能从地域上接近自己崇拜的古人而自得，立即请人刻了一方"寓邻李西涯村邻万年少"的印章。

文人往往能降低物质上的要求以满足精神上的需要。

1939年，黄宾虹先生画了一幅《东涯老屋图》送给伯英先生。黄宾虹先生同样没有拘泥于北官坊口东涯老屋的残破现状，他从伯英先生主持编著的《徐州续诗征》中感受到徐州"人文之美林泉之胜"，把东涯老屋等同于王维隐居的辋川别业和陶渊明隐居的栗里村居了。当然这也是对伯英先生人格的肯定。

那么上文中所说的"李广桥"又在何处呢？

这座桥以"李广"为名，所指却不是那位擅用弓箭的西汉名将，而是与此桥有关的另一位同名人氏。

在现在的地图上已经找不到这座桥的名称了。旧时的李广桥坐落在现在的柳荫街的北端，西接羊房胡同东口。所以当年的柳荫街两侧被称为李广桥西街和东街。中间是一条狭窄却两岸陡峭的小河。小河北起德胜门桥，经柳荫街向东、向南流入北海公园。1952年改为暗沟，李广桥从此消失，胡同的名称却继续保持到1964年才改为"柳荫街"。

伯英先生有一个随时过目、收购市场上新出现的碑帖作品的优越条件：琉璃厂有人出售字画时，店家都请伯英先生鉴定。专门由一位名叫宋荔秋的人送到家里来请他评价。

伯英先生鬻字养家已很艰难，但他还要不时购进碑帖书法作品，往往研究过后又不得不忍痛售出。可喜的是这些加入了他研究成果的碑帖作品，都提高了其学术价值。

国家图书馆在2003年12月至2004年1月之间举办了馆藏法帖精品展。在展览的前言中说："其中张伯英先生旧藏珍贵法帖计十一种，在全部展品中占很大比例。张先生在帖上写有大量跋语、题识，馆方认为既有重要的史料价值，又有书法艺术价值，与法帖本身同样珍贵。由此引起了对张伯英先生收藏法帖的极大重视，图书馆领导决定一次全部出版馆藏张伯英先生旧藏珍贵法帖。"

伯英先生尽管经济十分拮据，但在1927年还以《右军书范》为书名，自费印制了《十七帖》《此事帖》两种王羲之真迹，由商务印书馆印行传世。

在北京燕山出版社1991年出版的《张伯英先生书法选辑》中，伯英先生的次孙张为和在《先祖伯英公诞辰一百二十周年纪念文》中说："先祖收藏名帖，以弘文馆宋拓右军十七帖最精。帖后附有清代名家包世臣疏证稿。原自清宫内府流出，为先祖于隆福寺书肆得之，褚河南审定为第一奇迹，而摹刻更在诸本之上。外人曾以数万元巨金求售，而先祖为保此国粹，虽饔飧不继，亦不忍视此国宝流入异域，终得保全，先祖之力也。"这份国宝级的宋拓王羲之草书《十七帖》，在20世纪50年代由张氏后人将其捐献给国家。

1935年元月，伯英先生应邀写作《续修四库全书总目提要》中的《法帖提要》。到1938年5月完稿，耗时三年余。共517页，涉及法帖510多种。此文在撰写过程中已产生了很大影响。出版之前容庚教授就曾全文抄录过，后来在写《丛帖目》时大量引用。

为《续修四库全书总目提要》撰稿者除可以参阅国内一些图书馆中的资料和个人收藏外，还有机会看到一些国外藏书，如日本内阁文库、朝鲜奎章阁所藏汉籍及英法图书馆收藏的敦煌遗书等。伯英先生成了历史上过目碑帖精品最多的人。随着时间的推移，古籍湮没，很多作品后人已不可能再见到了。

伯英先生书法作品以及诗作的内容，均与生活和学术研究密切相关。就是写一般的对联、条幅也不愿随意选用现成熟见的词句，而一定是自出机杼赋予书法作品更多的学术内容。甚至写碑文、墓志往往也要代客拟文或对原稿进行修改，去掉冗长的和过多的溢美之词。所以要读懂他的书法作品就还要了解时代背景、人物关系，乃至有关的学术问题，对读者的要求是很高的。

台湾的李敖先生学问很大，不仅仅是作家、评论家、历史学家，他还研究书法。他曾写过一篇《周越墨迹研究——你不知道的故宫博物院》，周越是五代十国时期的书法家，李敖弄清楚了周越的情况，就填补了中国书法艺术在唐宋间的断层。

李敖的《笑傲五十年》一书中有一篇《子夜神驰》，介绍他1992年在台北买到的伯英先生写的一副对联。联语是："鄂不照乎栘华，龙骥骥乎云路；长戟森于武库，大珪植于琼田。"他声明："集句表达的意思，是很玄虚的。"经过一番复杂的解释后，李敖仅仅说对联表面的意思是："把花朵托起，把马儿腾云、把武器呈出死相、把古玉显现生机。"但仍不知伯英先生作这副对联的用意。

其实老人多年来憧憬的就是这副对联体现的刀枪入库、马放南山的和平景象。在抗战胜利后，他把这欣喜的情绪写成了对联。不过因词句过于深奥，使人无法直接与抗日战争联系起来，所以就连李敖先生这样的大学问家也没有参透。

在2008年西泠印社出版社出版的《张伯英信札书法集》的第12页至第13页有一封八月初六日致雪岑仁兄函，信中说："弟去岁曾写心经扇一百柄若闵沪友有欲得者若此项易售暇时当再写若干页寄沪衰病目昏畏作楷字非能得善价不愿写耳。"

这封信令人吃惊。写一百柄《心经》扇面是多大的工程？而且要在"衰病目昏畏作楷字"的状态下来完成，更何况装裱好的扇面曲折弹动、吃墨程度也不尽如人意，又受到版面设计上的限制，比在写经纸上书写要困难得多。百柄之数肯定是为了完成一个宏大的心愿而做的繁重的功课。经过考证，写这百柄扇面的时间是在1937年"七七事变"之后。

在他给子女抄写的经文后面老人写道："衰病余生遭罹屯故惟冀我佛慈悲拯此弥天浩劫敬写是经我愿无尽。"这是当时老人心情的真实写照。一位年届古稀的老人只能把对国家百姓的祝福寄托在经文之中。至于投笔从戎的事，就只能交给孙辈去做了。他的长孙张儒和是一位抗日英雄。据网上的介绍："张儒和，江苏铜山人，1934年5月南京黄埔军校第十二期，后任台湾联勤总部中将副总司令。抗战英雄，《亮剑》楚云飞原型之一。现旅居加州。"

1929年，伯英先生应聘编纂《黑龙江省志稿》，奔走于齐齐哈尔与北京之间，历时三年于1933年完成。《齐齐哈尔市志·文化卷》第643页评价："这部志稿'自上古迄清季，数千年事迹，粲然具备，其于因革损益之政，灿若文掌，足为地方史志研究之资'。"这"足为地方史志研究之资"的评语，客观地指出了《黑龙江省志稿》的学术地位。

修志过程中，伯英先生一病几乎不起，复原后镌刻了一枚记有"辛未生辛未复生"印文的印章以庆病后新生。

伯英先生以诗评帖。《阅帖杂咏》累计评帖诗百余首，辅以说明文字，使深刻的学术内容同时具有了艺术性。勺圃先生择其中的二十首另录一册，1949年勺圃先生去世后，齐白石先生在册内题诗："写作妙如神，前身有宿因。空悲先生去，来者复何人。"以寄托对好友的哀思。

一支秃笔三千余字绝难写出伯英先生的高尚人格和学术成果之万一，拙作到此搁笔。

题外的话

现在这座老屋更加破败，院里盖满临时建筑。仅留一人宽窄的通道，有的地方尚需侧身通过。我曾为此而悲哀，但几经考虑，认为若能在此建张伯英故居，房屋建筑成本将非常之低。老屋破败倒成了有利的条件。有些小屋则可改建展室，不必恢复原貌。这里既可举办学术活动，展出经典书法作品，也能办成银锭桥畔的书法资料市场。

2023 年 4 月 23 日

（屠式璠，民族音乐研究学者、中国音乐家协会会员、北京音乐家协会会员、中国民族管弦乐学会会员及竹笛专业委员会顾问。）

恭王府文化对什刹海书画文化的影响

王德泉

什刹海有着一大片开阔水域，面积约 33.6 万平方米，是北京著名的历史文化街区。从元代建大都城，什刹海成为京杭大运河北端点码头开始，大批漕运船驶来，沿岸街市繁华。有诗云"舳舻遮海水，仿佛到方壶"，诗人在这里以"方壶"比喻元代的什刹海犹如海上仙境。明代什刹海变为蜿蜒相连的三片水域，岸畔寺庙多、名园多、稻田多，有着"西湖春、洞庭夏、秦淮秋"之美，获"城中第一佳山水"之誉，形成了"银锭观山"等"西涯八景"。明清以来，这片水域周围楼阁、桥梁、寺庙、王府、商市、茶楼、饭庄等星罗棋布，错落有致，被誉为"京华胜地""璀璨明珠"。

新中国成立后，人民政府对什刹海地区的名胜古迹、自然景观进行了系统的规划和全方位的修缮保护，使什刹海辖区的面貌焕然一新，成为中外游人游览观光的好去处。

特别是近 40 年来，在政府的指导下对什刹海地区的著名王府进行了修缮，使得各王府有了不同的用处。例如，醇王府修缮后挂上了"国家宗教事务局"的牌子，西花园修缮后由时任国家副主席的宋庆龄居住，现在是宋庆龄故居。新街口东街的棍贝子府改建为积水潭医院的花园部分，是患者们喜爱闲坐、散步之地；涛贝勒府的部分府邸一直作为校舍使用，民国时期成为辅仁大学附中，新中国成立后的1952年被命名为北京市第十三中学，一直沿用到今天。

北京现存的王府中，最为著名的是什刹海的恭王府，因为恭王府是目前王府中占地最多、建筑最精、结构最巧而又向社会开放的王府。2012年，恭王府被国家旅游局评定为国家5A级旅游景区。恭王府文化对什刹海的地域文化也有着直接的影响，下面就其对书画文化的影响谈谈我的认识。

自元代以来，什刹海风光绮丽，得天独厚，一直有着很好的文学艺术氛围，琴棋书画方面人才辈出。元明时期，以诗词赞赏什刹海的文人中，有些人也精于书画，如元代的赵孟頫、王冕、朱德润以及明代的米万钟等；到了清代，著名的清宫内如意馆的画师们也有在什刹海居住的，如清末时期皇城内如意馆的司匠长屈兆麟，就住在地安门外大街东侧的方砖厂胡同，后又买了银锭桥小金丝胡同21号院居住。屈兆麟为恭王府的蝠厅画了许多蝙蝠的画样，被恭亲王喜欢并用于蝠厅的装饰。而恭王府内最具价值的是康熙皇帝题写的"福"字碑。

当末代皇帝溥仪被逐出宫，清王朝覆灭，那些依附皇室特权生存且无一技之长的皇族贵胄们，失去了皇家的俸禄，便从人生的荣华之巅，跌落到贫困的谷底，纷纷以卖字画和家藏的古董维持生计。这也促进了什刹海地区字画市场的发展，在德胜门的晓市上也常见名人字画现身。

和众多的"八旗子弟"不同，恭王府奕䜣后人溥心畬凭着其人品和才华，成为民国时期的书画大师，受人尊重。溥先生既是清朝的王爷，又是众所周知的大画家。溥心畲自幼聪颖，长大后，先后进入贵胄法政学堂、北京法政大学和德国柏林大学学习。学成回国后，他移居西山，探求学问，潜心书画研究。10年后，溥心畲先生返回恭王府，将位于花园蝠厅内的寒玉堂作为住室和书画工作室，在书画上再下功夫。民国时期，书画界有"南张北溥"的说法，"南张"指张大千，"北溥"指溥心畲。一次，张大千到北平举办画展，并到恭王府的萃锦园拜访溥心畲。两位大师当场作画，每张纸只画一部分或画至一半，让对方续画。不足三小时，就画出几十幅，其间二人还为在场的观看者画了几幅扇面。那些已画和未完成的画页，两人分手时各拿一半。此次"南张北溥"的聚会，在书画界一时传为佳话。

民国时期，什刹海地区书画文化空前繁荣，书画名家荟萃于此，不仅有段祺瑞政府的秘书长、住在北官房的大书法家张伯英，也有住在后海南沿的大收藏家张伯驹，还有以"整理国故，弘扬国粹"为口号的中国画学研究会、湖社画会、松风画会、辅仁大学美术系等，书画活动雅集频繁，同时促进了产业链条上裱画业的发展。藜光阁裱画铺就是其中的一个代表。

坐落在烟袋斜街的藜光阁裱画铺是与屈氏家族历史渊源较深的店铺，几代人交往不断，历史可追溯到一百多年前的清光绪年间。那时，藜光阁的创始人王子言从鲁菜的发祥地胶东福山来到京城，在烟袋斜街的鲁菜饭庄——庆云楼做领班，成为饭庄的了事掌柜。庆云楼又被称为冷庄子，不接待散客，主要是接待婚丧、嫁娶、庆寿或团拜等聚会的宴席和王府家宴的上门服务、文人雅士的送餐服务等。在庆云楼，经常会组织一些书画沙龙活动，一些书画大家和王公贵族在这里品鉴名家书画。受此熏陶，几年下来，饭庄的文化氛围、顾客的需求和自己的喜好促成了王子言想开家裱画铺的念头。在光绪年间，王子言幸运地在晓市地摊上淘到了王石谷的画，用卖画所得买下了庆云楼对面的铺面房，开设了藜光阁裱画铺。屈氏家族的第一代著名画师屈兆麟先生也经常到此裱画，并给予过众多建议和帮助。例如，从京城顶级的裱画人才，到宫廷书画装裱的规矩，多方帮衬，使藜光阁从一开始就于行业的高端起步，以用料考究、工艺严谨、装帧风格独特、技艺精湛而享誉业界，吸引了不少高端主顾。著名画家溥心畬、齐白石等，都不时到藜光阁裱画，加之什刹海地区烟袋斜街的特殊地理位置，也有了"小琉璃厂"的称号。

在民国初期，藜光阁已经在北京裱画店铺中有了一号，时至今日，藜光阁还在原址经营，百年来，与屈氏家族交往密切，特别是屈氏家族的第三代人屈祖明教授对藜光阁的发展付出了不少心血，通过专家建议给什刹海街道提供信息，促成电视、报刊等新闻媒体对藜光阁的宣传报道，引起社会关注。同时，时时关注藜光阁文化沙龙的建设，使藜光阁从传统裱画店铺向裱画博物馆转型，成为承载传统书画文化的实体店铺，以更好地适应时代的发展需求。这些工作不仅对藜光阁的发展起了重要作用，更重要的是为什刹海地区的传统书画文化振兴起到了重要的支持作用。

什刹海地区从来就是一个文人聚集的地方。中华人民共和国成立后，什刹海旧貌换新颜，什刹海地区书画名人更是层出不穷。例如，后海南岸北官房住着著名绘画大师潘絜兹先生。

潘先生技艺精湛，为人善良，平易近人，20世纪50年代他在绘画界就已经享有盛名。还有住在银锭桥附近的画虎大家刘清华先生。刘先生就是北京湖社画会的画家，师从著名画家胡佩衡、胡爽庵。还有家住西海的周怀民先生，在20世纪50年代就是远近闻名的大画家。离周怀民先生家不远，住着著名画家许林邨先生。许先生，原名许枝海。他的祖父许叶棻就是清末知名画家，光绪十五年（1889）翰林院学士。他从小和父亲学习书法，后来又向衡为公、胡佩衡等学习山水，从少年时代就对中国书画见多识广。成年后又随张伯英、汤定之等名家研习书法，并以此为业。20世纪50年代，他就是北京国画社和书法研究社的会员，书画、篆刻颇有知名度，后来成了大家的王成喜、刘炳森都出自他门下。还有现在的前海北沿18号院，这里就是过去的会贤堂饭庄（习惯叫"会贤堂"）大院里，曾经住过著名的油画大师吴冠中先生，居住过北师大教授、画家李瑞年先生，连环画画家吴静波先生等一些名人。

家住积水潭西侧板桥头条胡同、湖社画会的青年画家陈少梅的作品深受溥心畬的影响，也得到社会的认可。积水潭医院对面棉花胡同里，东西走向有前罗圈儿、后罗圈儿胡同。前罗圈儿胡同住着著名的连环画画家杨逸麟。杨逸麟老师是新中国成立以来最早从事连环画创作的画家之一，对中国黑白连环画的发展起到了奠基作用。行内的人有个说法：假如连环画画坛上设立诺贝尔连环画奖项，获奖者一定非杨逸麟不可。还有离杨老师住处不远的后罗圈胡同，这里住着一位书画家名叫王镛。王镛是十三中校友，老三届高中生。1979年考取中央美术学院李可染教授研究生，专攻山水和书法篆刻。1981年留校执教，先后任中央美院学术委员会顾问、教授、博士生导师、书法研究室主任，中国书法院院长，李可染画院副院长等职。

什刹海畔，名家荟萃，名人辈出，数不胜数。

什刹海的书画文化根深叶茂！

2023 年 10 月 4 日

（王德泉，男，1955 年生于北京，北京市民俗专家、什刹海文化专家、北京市科委《科技潮》杂志社原社长、北京市史志办编辑。）

恭王府与什刹海地区的传统文化

王光辉

2023年迎来了恭王府博物馆成立40周年，它的成立和发展是当代中国传统文化遗产保护的缩影，展示了40年来国家的传统文化遗产保护政策措施的成果。

恭王府的书画对什刹海地区文化发展的贡献令人瞩目，这与该地区的文化资源丰富程度关系密切。从影响力来看，应该是从和珅建府开始，就已经奠定了基础，到恭亲王时，由于其特殊的历史地位和贡献，获得了更多的艺术品赏赐和收藏，积聚的文化资源以及为日后恭王府的发展传承所奠定的基础都使得什刹海地区必将成为书画文化的高地。从现存于恭王府博物馆的康熙御笔"福"字刻石，可以感受到和珅当初的文化修为和用心。府邸花园的假山园林、景观营造处处体现中国传统文化的博大精深。恭王府的主人从奕䜣到溥伟，学识渊博，涉猎广泛，并均有作品流传于世，是什刹海地区出类拔萃的皇族书法大家，民国时期的溥心畬更是对中国近现代书法绘画影响巨大。

20世纪20年代，溥心畬从西山戒台寺回到恭王府花园，开启了他书画艺术的发展进程。可以说什刹海地区是一块福地，造就了中国近现代书画史的奇迹。溥心畬和溥僡两兄弟组织的海棠雅集会聚了大批文化名人，充分反映了那个年代文人雅士的文化追求。溥心畬在此也为自己的生活开辟了一片新天地，既是对中国传统文化传承的贡献，又是人生奋斗的典范。启功先生曾回忆他从溥心畬学艺，可见一斑，值得细细品味。

清末民初，什刹海地区聚集了一大批书画人才，特别是以屈兆麟、缪嘉惠为代表的宫廷画师，成为当时书画文化高地，留给历史的"后门造"臣字款书画风靡全国。20世纪20年代以后，以溥心畬为代表的文人书画以及松风画会、湖社画会等，对弘扬中国传统书画文化起到了不可替代的作用。辅仁大学美术系溥桐开始的院校书画传承，20世纪40年代辅仁大学女院在恭王府立足，艺术人才辈出。

从小生长在什刹海地区后海南岸的刘女士，是20世纪40年代辅仁大学美术系的学生，后来在天津医学院的图书馆从事教学挂图绘制工作，因为有装裱教学挂图，与我父亲一直多有交往。20世纪70年代末至80年代初，我在天津南开大学读书时，曾到过她的工作室，那是我第一次看到学校图书馆做裱画工作。此前我父亲说藜光阁裱画铺曾经给北京的高校装裱过教学挂图，在刘老师那儿，看到了正在装裱的教学挂图。刘老师说，公私合营以后很难找到合适的裱画店了，质次价高，合作常常不愉快，藜光阁裱画铺那样的服务质量很难再有了，这可能有点像喝茶的感觉，喝过好的茶叶，再喝次一点的就难以下咽。说到藜光阁裱画铺，她也是满满的回忆。她还在辅仁大学读书时，那时北京的裱画铺大多是在琉璃厂那边，店铺都比较小，交通也不方便。什刹海地区虽然就藜光阁裱画铺一家，但规模相对比较大，那时她们同学经常去那儿，裱画不是主要的，在那儿能看到很多名人字画，还能跟店铺老板交流欣赏书画，各种装裱款式，很多是课堂上学不到的，所谓"三分画七分裱"只有在裱画铺才能真正体会到。

说到藜光阁裱画铺，很多人也都是满满的回忆，正像天津医学院刘老师说的，裱画铺在很多人的记忆中印象更深的是那种文化氛围。藜光阁裱画铺创立于清光绪年间，得益于什刹海地区书画文化丰富的人文荟萃资源，滋养出特有的发展格局，既是传统裱画店铺，也是当时书画文化交流的场所。藜光阁裱画铺是与屈氏家族历史渊源较深的店铺，从宫廷画师屈兆麟先生开始，交往历史可追溯到一百多年前的清光绪年间。那时，藜光阁的创始人从鲁菜的发祥地胶东福山来到京城，在烟袋斜街的鲁菜饭庄——庆云楼做了掌柜，几年下来，饭庄的文化氛围、顾客的需求和自己的喜好成了他创办藜光阁裱画铺的契机。屈氏家族的第一代人给予了藜光阁众多便利和机会，从京城顶级的裱画人才，到宫廷书画装裱的规矩，为藜光阁从一开始就于行业的高端起步。加之什刹海地区烟袋斜街的特殊地理位置，在民国初期藜光阁已经在北京裱画店铺中名列前茅，并以用料考究、装帧风格独特、技艺精湛而享誉业界。它陪伴着近现代一大批书画家的成长，溥尧臣、溥心畬、张伯英等书画名家，以及马晋、屈贞等许多湖社画会、松风画会和后来进入北京画院的知名书画家、众多辅仁大学的师生都曾经是藜光阁裱画铺的常客。

藜光阁裱画铺在烟袋斜街经营几十年，20世纪50年代公私合营进入北京市美术公司裱画工厂，20世纪80年代，藜光阁裱画铺在原址恢复营业，恭王府大院里的艺术院校师生也时常有人到藜光阁裱画，时至今日，藜光阁裱画铺还在原址经营，并从传统裱画店铺向裱画博物馆转型，成为承载传统书画文化的实体店铺，更好地适应时代的发展需求。

　　回顾历史，不仅仅是回忆史实，还要对现实的发展有积极意义，为什么现在的书画大师总觉得在古人面前黯然失色？缺少的就是丰富的传统文化修为。在常人眼里，恭王府博物馆里不是每一件东西都是无价之宝，但是，当你了解了其所具有的文化价值，瞬间便觉其身价倍增，就像王懿荣先生发现中药材龙骨上的文字，研究恭王府博物馆的现实意义，不仅是它具有完整的古代王府建筑、山水园林，更重要的是其承载着厚重的中国传统文化，是我们汲取中国传统文化精华难得的场所。

2023 年 4 月 18 日

（王光辉，男，1960 年生，北京藜光阁裱画铺第四代传人、藜光阁书画揭裱技艺非遗项目传承人、高级工程师。）

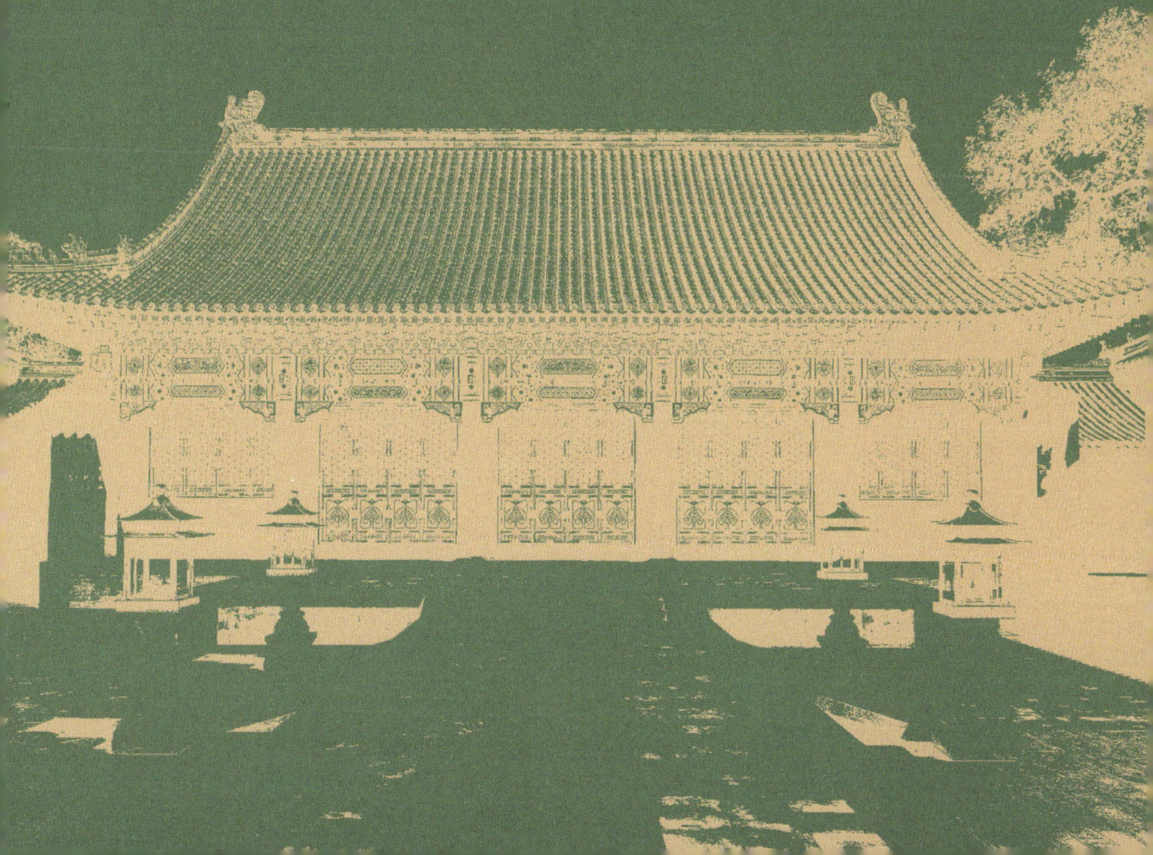

小时候住在大观园

黄薇薇

每次回家看望父母都要穿过什刹海的风景旅游区，熙熙攘攘的人群和车水马龙的街道热闹非凡，以前的那种平静与悠闲已荡然无存了。透过人群我在寻找曾经的熟人，奢望着能偶遇我曾经的同学们，但这种概率实在是太低了，因为他们多数都搬离了此地，还在大院住的只剩下寥寥无几的暮年人。即便这样，我还是想着它、念着它，想念着曾经在大院里度过的那些美好时光。

我们家在"文革"开始后的1968年搬出位于长安街的公安部机关大院，住进了什刹海边上的恭王府后花园。据说这座后花园的建筑是依照曹雪芹《红楼梦》中大观园原型而建造的，所以大家都叫它大观园。大观园是公安部一个比较大的干部宿舍，院子很大，住的人却不多。除了早晚上班下班、上学放学的人在院里产生些动静外，其余的时间都非常安静，静得让人有了些许的悲凉，静得都能听见太阳照到树叶上而发出的微小声音。院里虽然住的人不多，但住进来的的确都很有名望：部长、局长、法官、法医、国际刑警、消防专家、侦察英雄、密码破译专家、出版社社长、侦探小说作家、留苏专家、老红军等。

图1　黄薇薇（前排）和朋友们的合照

由于公安部内部有着严格的保密制度，大家虽然都在一个院里住着，但彼此却几乎不来往，家属之间也没有胡同里那种亲密的邻里关系。我的同班同学也是小范围地一起做作业和玩耍，那时我还不知道什么是《红楼梦》，更不知道大观园，只知道自己家住进了一个大花园，里面有七座错落有致、风格别样的假山，山上有真正的太湖石、有茂密的树木和各色争艳的花草，还有小鸟的欢唱和虫鸣。

　　初春，院内的参天古树开始生叶了，阳光透过黄绿色的嫩叶斜射到家门口的回廊上，暖暖的。假山上的各种花草和小虫也都在努力地向外伸展着自己的芽头和吸吮着春天的气息。放学回来后，外婆会让我们去假山上采摘一些枸杞的嫩叶。枸杞小树生长最多的地方是位于汉白玉西洋门东西两侧的假山上，采摘时一定要格外小心枸杞树上的刺，一旦被扎到又疼又痒。外婆将采摘下来的枸杞嫩叶清洗干净后给我们清炒一盘，那略苦微甜的味道我们都不太喜欢，外婆却说："这是好东西，它可以去心火和明目哦。"听话的我们便顺从地吃了起来。这个味道至今我们都不会忘掉，不仅是枸杞的嫩叶的味道，重要的是还有外婆的味道。山上的桑树长出了新叶子，外婆就教我们喂养蚕宝宝了。几百条的蚕宝宝每天要吃掉很多的桑叶，外婆经常要督促我们去采集新鲜的桑叶，嘱咐着："桑叶上的尘土及露水不能用水清洗，要用一块干净的布来擦拭，这样才能保证蚕宝宝吃了不会拉肚子而死掉。"我们将采集来的桑叶一片片耐心地擦，然后用一块干净的湿毛巾包裹起来，放到阴凉处。好奇的我们经常趴在养蚕宝宝的竹编筐箩旁观察蚕宝宝，看着它们从小小的黑褐色小虫子变成白白胖胖的蚕宝宝，看着它们特痛苦的蜕皮过程，手欠的我们会帮助蜕皮困难的蚕宝宝蜕皮，以为是做了一件功德无量的好事，不承想是帮了倒忙，它们很快就夭折了。快入秋了，蚕宝宝们也到了做茧的阶段。外婆拿来一个脸盆，用一张报纸把盆口用绳子绷住，然后把几乎透明的蚕宝宝放到了盆上，它们很惶恐，在上面爬来爬去，找不到一处满意的地方做茧，最后不得已在盆上吐丝了。它们吐着丝，慢慢缩短着自己的身体，最后变成了一个小小的蚕蛹。外婆把它们收集起来放进盒子里，一个星期后它们居然蜕变成了一只只漂亮的白色蛾子，扑棱着翅膀寻找着各自的伴侣，它们欢快地尾尾相交拉都拉不开，按照我们人类的话说：爱情的力量真伟大。又过了几天，母蛾子的肚子变得好大好大，并主动脱离了公蛾子的身体，焦急地转来转去，外婆马上拿来一张白纸，把母蛾子放到上面，它好像明白了什么，乖乖地、非常有规律地在纸上开始产卵，一枚枚黑色似小米一样的卵排列整齐地跃然在白纸上，漂亮而辛苦的母蛾子终于完成了毕生的任务，静静地躺在纸上不动了。

盛夏来临，学校放暑假了。为了毫无顾忌地玩，我们会把一个暑假的作业都提前做完,然后约上一些要好的同学各种玩。首先要说的是捉迷藏,大观园如此之大,捉迷藏的区域设定就成了关键,否则想捉到谁简直就是天方夜谭。即使有了区域设定,捉到最后基本也是以天黑而宣告结束的。但是捉的过程很有刺激性,因为不知道对方在什么地方,又不能躲在一个地方傻傻不动,所以需要眼观六路、耳听八方,小心翼翼方可以在七座山上奔来跑去。这期间,可以摘些酸酸的小野葡萄来吃,也可以到自己做了记号的老树下摘木耳。如果怕晒,还可以原地挖开一个蚂蚁洞,研究一下它们的洞穴走向、蚁王和蚁卵。其次是玩水,雨季到了,大观园中的蝠池成了我们这些孩子的水上乐园,注满雨水的池子里会滋生出一些不知名的小鱼和水虫,我们在家里先用纱布、铁丝、竹棍等制作抄子,找出家里不用的小盆,带着弟妹叫上同学一起去池中戏水、捞小鱼和水虫。池中各种的蚊子特别喜欢我们,身上的大包又红又肿,有时候大包还叠着大包,痛痒结合,滋味无法形容。尽管如此,我们还是乐此不疲地捞呀捞,捞到盆里放不下了,才欢天喜地端着来之不易的战利品回家犒劳大黄猫,它却不领情地闻闻就走开了,没有一点兴奋想吃的样子。我们很不解地追着喂它吃,它就干脆钻到了床底下,外婆笑着说:"你们白辛苦了,这种鱼没有腥味,猫是不喜欢吃的。"我们的积极性大大地受到了挫败,捞鱼时的畅快感觉荡然无存。再次就是蝠池里"赛龙舟"。听着挺有气势的游戏,这需要跟男同学一起合作了,因为扎筏子需要一把子力气,我们女生的任务是找结实的绳子,去山上折一些粗的树枝,把家里的洗衣板或者木板找出来。男生负责扎木筏,扎之前要对材料进行整理、修剪、排列,算是有点技术含量的工作了。准备材料和制作二条筏子需要一个上午的时间，这是个费时、费力、费料的大型活动啊。午餐后趁着大人们都午睡的时间，我们这些孩子顶着烈日开始了"赛龙舟"。比赛规则是：两个人划着各自的木筏，同时从东岸和西岸出发，先到达对方口岸者为胜。途中双方可以用各种方式阻挠和撞击，使对方不能快速到达对方口岸。比赛开始后，蝠池中水花四溅，岸上呐喊助威声震耳欲聋，几个回合下来，赛手个个都已分不清身上的是汗水还是池水，木筏子这时也不堪重负几乎散架子了，赛手们纷纷落入了水中，成了名副其实的落汤鸡。大家嬉笑着打捞起池中的木筏残骸，提溜着各自的凉鞋，聚集到不远的"流杯亭"里乘凉，开始打扑克、讲鬼故事吓唬人。赛手们把弄湿的衣服脱下来晾晒，免得回家被家长骂。女生们也会到长满竹子的"潇湘馆"里跳皮筋，去漂亮的"月亮门"里找同学聊天。

秋高气爽时，大观园里秋风起，树叶掉落，一地金黄。放学到家时已是夕阳西下，一地的金黄与夕阳的辉煌浑然一体，形成了天与地的和谐与共鸣。我非常喜欢这样的景致，一边欣赏着一边在院里捡拾着白果树金黄的叶子，准备给自己和同学们制作一些精美的书签。假山上红红的像小灯笼一样的枸杞果实也成熟了，我小心翼翼地采摘，生怕被枸杞刺扎到后又疼又痒的感觉。晒干后的枸杞果实外婆会拿来泡酒，外婆说这种酒是很补的。这季节很多树上的果实都成熟了，比如柿子、黑枣、松子、山楂，我们找来一根长长的竹竿把低处的果实打下来，然后叫弟弟爬到树上去摇晃，果实噼里啪啦掉下来，打在头上、身上好疼啊，我们一手捂着头，一手快速地捡，结束后我们会把捡到的所有果实集中起来，好一些的果实留出来准备带回家给父母尝鲜，剩下的平均分配，我们吃着、笑着、享受着大自然带给我们的恩惠。

　　大观园秋天的晚上凉爽宜人，各种秋虫在石板下开始吟唱，蛐蛐唱得尤为好听，我们就循着声音去捉，捉到后养到一个透明的大口瓶子里，每天给它喂上一些葱叶，使得它叫得更加动听和响亮。有一种叫土鳖的虫子也是我们非常喜欢去捉的，因为它是中药，可以拿去中药店卖钱。晚饭后我们拿着准备好的手电和盒子，来到伸手不见五指的假山上，拨开茂密的灌木，翻开石板，瞬间大大小小的土鳖出现在眼前，我是又惊又喜，开始时我有点害怕不敢用手去捉，可是土鳖一旦受惊马上就会四下逃窜了，我只能硬着头皮捉，后来我居然也可以用双手一起捉了，捉到一定量时就要拿到中药店去卖了，否则死的土鳖中药店是不收的。在卖掉土鳖拿到钱的那一刻，成就感、幸福感油然而生，好像自己能养活自己了，那种感觉太美妙了，无法用语言来形容，毕竟可以用自己辛苦挣来的钱买喜欢的东西了。

　　寒冬时节，白雪覆盖的大观园美到让人窒息，那些红梁绿柱的房屋在白雪的映衬下更加鲜艳，"潇湘馆"内斑竹上的雪花在阳光的照射下是那样的晶莹剔透，风儿吹来，竹叶托着雪花轻轻地摇曳着，不远处平坦、松软、洁白如毛毯一样的雪地上，清晰可见一行猫的爪印，好像毛毯被镶上了美丽的花边。大雪过后，大观园里所有的男女老少，不论职位高低、亲近疏远，都自觉地组织起一支浩浩荡荡的扫雪大军，挥舞着自家的各种工具，将大道、小路打扫得干干净净。而院里所有假山、亭台、草地上的雪依然静静地趴在那里留给人们观赏，等着我们这些孩子去滑雪、堆雪人、打雪仗。记忆犹新的是在有着康熙手书"福"字碑刻假山东面的那条很长、很陡的坡,厚厚的积雪把它变成了一条滑雪道,全院的孩子们这时候都会不约而同地来参加滑雪。大观园里的孩子们也有团体之分的,为了一个好地段的滑雪道,团体里的小头头会指派一个有威望的人来占滑雪道,就此引发了许多的争执与不愉快,但是不久又会和好如初。当时的滑雪可以定义为:迷你型高山滑雪。规则是:五六人一组,第一个人需要勇敢、果断、控制方向的能力强,自有滑雪板,要求滑雪板的下面必须钉有铁丝,否则阻力太大就无法让后面的人顺利滑到终点,第二个人要紧紧抱住前面人的腰,以此类推。胆子大的孩子就站着滑,当然多数人会摔得四仰八叉,但是为了显示自己的本事,为了炫酷,为了在女孩子面前表现一下,摔上几跤也是值得的。雪后的几天里滑雪道在阳光的反射下锃光瓦亮,直到天气暖和了滑雪道才完成了它的使命,自行消失了。

大观园陪伴和见证了我们健康茁壮成长的过程。那时的大观园是孩子们的游乐天堂,我们在里面玩得花样繁多、玩得随心所欲、玩得开心快乐。如今,大观园已退还给国家,成了名胜古迹、旅游胜地,我们也搬到大观园东侧的苏联专家楼里。光阴似箭啊,一晃几十年过去了,可以变的都在变,唯有大观园内的一切仍然依旧,走进去抚摸一下曾经爬过的山石,山石上的小坑洼还在;走一遍上下学必经的小路,小路上用鹅卵石铺的花纹清晰可见;去山上的山神庙前发一会儿呆,看看庙门里是否有自己喜欢的猫咪在睡觉;最后去自己住过的福字山后面回廊上安静坐一会儿,这一刻,我仿佛听到外婆在厨房里炒菜的声音，看到小伙伴在山上紫萝藤下跳皮筋的身影……抬头仰望天空，天还是那个蓝蓝的天，但时间却不知都去哪儿了。

2023 年 6 月

（黄薇薇，女，1957 年生于北京。插过队、进过央企、开过公司、做过进出口贸易，现为北京东方优联投资顾问有限公司高级合伙人。）

我住在福善寺的日子

郗仲平

赵书华教授是我北京十三中（原辅仁大学男附中）的校友，也是街坊，她住小新开胡同，我住柳荫街（原李广桥西街），我们情系什刹海，魂牵什刹海，是心灵之交的朋友。她交给我《我住在福善寺的日子》的文章标题时，我的思绪一下子打开，65年的过往，一一涌上了心头，我这个和文字打了一辈子交道、在高校教了一辈子写作课的老师，竟然无从下笔了……

思来想去，还是赵老师的"命题作文"——《我住在福善寺的日子》中的"日子"一词点拨了我，那就顺着光阴的流转，梳理记忆的碎片吧。

家庙　学校　居民院

我家原来住的院子是后海边儿的一个三进的四合院儿，前两进院子是大翔凤小学二分校，大门是大翔凤胡同13号。我家住第三进院子的北房，和隔壁的董大大家走后门，是小翔凤胡同2号，出门就是鉴园。

学校说董大大家人口多，就让他家搬到李广桥西街20号，那个院子就是福善寺，民国时期就是南官房小学。新中国成立后寺里既有学校，也有居民，按现在的话叫"资源整合"，通过置换房子，达到合校的目的。董大大不满意一进屋门儿就是一个大柱子。学校就问我父亲愿意不愿意，我父亲有文化，认为学校的事情得支持，马上同意了。

新家是二分之一个教室，后又截出去一间，给了我家一间半，门框上还贴着"二（2）班"的字样。门前有沧桑的老槐，看着就亲切。我们老家山西省阳泉市大阳泉村是国家级的历史文化名村，村东头儿有棵树龄1300年的唐槐，村西头儿也有棵1300年的唐槐，我父母都是生于斯长于斯，我也是在那里出生的。那时候我年纪小，不知道爸爸是看上了房子，还是喜欢上了老槐，反正我们很快搬到了新家——福善寺。

那个碍眼碍事的大柱子，原来是支撑房子前廊的，寺庙改学校，就把五间后殿的廊子打了出去，既扩大了教室面积，教室里也更加明亮。如果按照开间垒墙，是不会出现屋子里有柱子的，五间房隔成了两个大教室，所以我家一进门儿，跨一步，右手就抱大柱子，隔壁耿奶奶家，一进门儿，跨一步，左手就抱大柱子。

后来，董大大家搬到了毡子房胡同（即今毡子胡同），是三间东房加一间北房的耳房。现在的人们，肯定觉得我们家亏了，可我从没有听爸爸和妈妈抱怨过，爸爸永远是神闲气定，笑眯眯的，妈妈永远是风风火火，急匆匆的。爸爸在大柱子上钉上一个瓷质的挂衣钩，下班一进门儿，就把帽子、书包挂在柱子上，挺实用的呢。

我家是1958年春搬进福善寺的，福善寺当时住着十多户人家，孩子们叫长辈都是爷爷奶奶、大爷大妈、大叔大婶，透着亲近。那时候，邻里关系真的像亲戚似的，我妈快下班了，隔壁的耿奶奶会提前把煤球炉捅开，我妈一进门儿，马上就能做饭了。耿奶奶裁件衣服，剪个头发，一声招呼，我妈马上放下手中的活儿，先帮耿奶奶做。双职工上班赶上下雨，晒在院子里的被子、衣服，早就被奶奶们抢着收回家了。家长加班，放了学的孩子就被邻居叫去吃饭、做作业。

耿大叔仿佛有永远使不完的劲儿，下了班，还把一些活儿拿回家来做。他曾被评为"北京市劳模"，还上过电视台的《东方之子》节目。20世纪80年代，耿爷爷就在社区帮忙，那会儿社区叫居委会，个人称街道积极分子。耿爷爷的孙女，曾在柳荫社区担任过党委副书记，现已奔古稀了，还在社区忙活儿着，早出晚归，像上班一样准时。耿爷爷的曾外孙女，现在也是社区工作者，也很敬业。从耿家对社区工作的无私付出，让院子里的老老少少感受到他们一家对柳荫街的热爱，对什刹海的热爱。这就是我们可爱的北京人的家国情怀。

耿爷爷还在电视剧里客串过清代的遗老，别说，奔九的老爷子着上妆，还真有爷的范儿。在恭王府大戏楼排完戏，回到院子里说起在恭王府大戏楼的见闻，引起了邻居们的羡慕。耿爷爷还和皇弟溥杰有过交往。一个退休老工人，如果不是生活在社会主义新社会，怎么会有这样的故事呢？

福善寺的院子很大，北边儿是两棵恭亲王描绘过的老槐树，南边儿靠东是一棵洋槐，靠西是棵老杏树，老杏树的一枝树杈儿是横斜着长的，甩上去两根绳子，下边儿绑好一个小板凳就是我们的秋千，秋千快乐地荡着我们幸福的童年。

院子有两个门儿，一出前门就看见辅仁大学（现北京师范大学）绿色琉璃瓦的角楼，向北走一百米，就是我的母校——北京十三中；一出后门就是恭王府（1964年，拆了王府一部分建筑，建了两幢四层的教学楼，是中国音乐学院）。后门两边儿有两棵大枣树，大马牙枣，可脆可甜啦。每年摘杏打枣都是我们孩子们的节日，院子中间铺个大席子，果实很快就堆满了，家家都有份儿。院子里还有一棵柿子树，冬天所有的树都光秃秃的了，唯有柿子树上挂着火红火红的柿子，引得鸟儿都来了，湛蓝的天空，暗灰色的屋脊，衬托得柿子愈加鲜亮，多么美妙的北京四合院里的风情画呀！

那时候，院子里一间自建房也没有，孩子们在树下跳绳、跳房子、跳皮筋儿、拽包儿、踢毽子、捉老鹰，在房前屋后捉迷藏……我们小时候的快乐，是现在的孩子们体会不到的，也想象不出来的。

这么大的院子才是福善寺的一半儿，李广桥西街19号，现柳荫街28号，是福善寺的另一半儿，同治癸酉年（1873）重修福善寺，恭亲王奕䜣撰写"重修福善寺落成纪事"，镌刻成石碑立于主殿前。后来有家居民推倒了石碑，把石碑埋入地下，在上面盖了自建房。

1976年地震以后，自建房越来越多，大大的院子变成了条条小道儿。后来，有的邻居分到了单位的福利房，有的邻居购买了商品房，热闹的大杂院有几分萧条了，一度几乎变成"空心院"了。一个冬日，我回福善寺的老院儿，院子里静悄悄的，家家锁着门儿，只有北屋的小梁茜一个人在家画画儿。

时光流转，人们的观念也在变化着，如今有的邻居带着孩子从三亚回到了福善寺,有的邻居怀旧回到了福善寺……我呢,"让巢于鸠",安排儿子的小家住在学校分配的单元楼里,我回到了度过了童年、少年、青年时代的福善寺——老槐佑护着的老屋。

我的奶奶和父母

我的奶奶就是我的奶奶,我的父亲其实是我的叔叔,我的母亲其实是我的婶婶。我是亲生父母的第一个孩子,我两岁时他们又有了一个女儿,而叔叔婶婶结婚多年没有生育。奶奶的逻辑是大儿子有两个孩子,小儿子没有孩子,就应该一个儿子有一个孩子。所以我就像一个苹果,被奶奶从山西的大儿子家带到了北京的小儿子家。

都说,母亲是孩子的第一任老师,而我的第一任老师是奶奶。她那带着乡音的歌谣,一直回响在我的耳边,从我的童年到我的老年。是奶奶改变了我的命运,让我从一个山村小妮子变成了首都北京市的公民。没有奶奶的主见,就没有今天的我。

在我的童年记忆中,奶奶极好客,家里常常坐满了奶奶们,这当然和福善寺的大北屋也有关系,冬日的暖阳透过老槐遒劲的枝杈晒到屋里,一直晒到后山墙,丛奶奶、李奶奶、赵奶奶、冯奶奶、耿奶奶都来和我奶奶一起聊天晒太阳。有一天,几个奶奶并排坐在窗户前的奶奶的单人床上,正聊得起劲儿,只听咔嚓一声床塌了,原来是床的横掌折了。我爸妈下班回家听说这件事儿,这个后怕呀,幸好一个奶奶都没有受伤,赶紧上地安门家具店买了一张结结实实的新床。

我奶奶很勤劳，扭着一双小脚不搭闲地儿忙家务；我奶奶很利索，蘸着头油，把头发梳得一丝不乱，脑后梳个小纂儿；我奶奶很爱干净，带补丁的大襟袄上没有一点点污渍；我奶奶很爱孩子，院子里的小孩儿都愿意到我家和我玩儿。我奶奶还很爱幻想，边听话匣子边唠叨——"什么时候能看见小人人说话就好啦！"如今这些美好走进了我们的生活，可她老人家从来没有看过电视。我最最难忘的是奶奶的爱。

20世纪50年代的北京，冬天真冷啊，玻璃上结着厚厚的美丽的冰花儿，屋檐下垂着一尺多长的冰棱儿。早晨醒来，真是不想爬出暖和的被窝儿。我眯着眼儿看见奶奶把我的棉袄棉裤翻过来，在煤球炉上烤着，翻来覆去地烤，然后又翻回正面，轻轻地放在我的枕头边儿。我一骨碌爬起来，穿上棉袄，套上棉裤，哈，热乎乎的，真舒服。我又看见奶奶用一根筷子插着一个馒头在炉子上烤，烤馒头的味儿真香！

一个甲子过去了，我还记得那烤馒头的香味儿，还记得奶奶弯着腰仔细翻转着馒头的背影。可能是越老越怀旧吧，每去饭店我都要点烤馒头，不管是老字号，还是星级的饭店，可都没有让我齿香入心的感觉。是啊，用烤箱怎么能烤出用心烤的味道？！

我的父亲是我最敬重、最挚爱、最心疼的人。他离开我们已经39年了。39年来，我无时无刻不思念他。

现在，流行用"男神""女神"来夸赞心中的偶像，我父亲就是我心中的"男神"。年轻时的我爸，挺时尚的呢：会打篮球、会骑摩托车、会游泳，游泳裤上的"深水合格证"让全院孩子们羡慕，尤其是男孩子。他有时候会带着院子里的孩子们到什刹海游泳池游泳，游完泳还有冰棍吃。

听现已92岁高龄的戎叔叔说："你爸聪明能干，他画板报，我就递颜料，打下手。我们下了班就去夜校上课，你爸到青岛纺织厂实习，我到上海纺织厂实习。你爸有文化，所以进步快，先当上了工段长，后来当上了车间主任，然后又到厂部工作。"

我听父母说过，浸湿的纱锭真沉啊，放在肩膀上，压得都迈不开步，那也咬着牙干。我爸的风湿性心脏病就是那时候得的，就是这个病在他66岁时要了他的命。

那是1994年3月15日，我爸早上起床感觉不舒服，但一定要去单位参加党员活动，我妈劝了也没用。我爸当夜犯病，憋得喘不上气来，还嘱咐我明早把他送到医院后，赶紧回海淀稻香园的家取讲义，别耽误了给学生上课。

第二天一早儿，120把父亲送到医院，当晚就去世了。我思念父亲，一直珍藏着他的遗物，他的一篇日记深深地触动着我："家里的炒菜锅坏了，一直没顾上买。今天传达文件，国家要统购统销了，共产党员要坚决执行党的政策，炒菜锅就先别买了，国家需要铁，需要铁建设社会主义……"我都快40岁了，我爸还保存着我上小学时得的奖状、记分册……我们父辈的家国情怀、荣辱观、价值观是后来人很难理解的。

我的母亲泼辣有主见，没有多少文化，但聪明手巧，我姑姑曾说过："你妈那是没有读书的机会，如果读了书，现在一定是高工。"什么事儿我妈看看就会，男工女红都不在话下。我小时候，看过她和泥垒墙，踩梯子上房；搪炉子，安烟筒；搓麻绳，裁衣裳……邻里街坊，不管谁找她帮忙，她都没有回绝过，做得比干自家活儿都仔细、都好。她在院子里人缘最好，还挺有威望，不管谁家遇到事儿，都爱到我家来，让她出出主意。

母亲最得意的是把女儿"培养"成了大学老师，把外孙子"培养"成了北大学生。还别说，我母亲育儿还真有一套呢。

记得是我5岁那一年，难忘的1960年，我妈像变戏法似的拿出一个苹果，那时候人们吃苹果都不削皮的，是舍不得削皮呀。她把苹果一切为二，半个给了奶奶，剩下的半个又一切为二，四分之一给了我爸，四分之一给了我。

"小平，你奶奶老了，吃一口少一口，你还小，吃好吃的日子还在后头儿呢。"我妈一口苹果也没吃，她把一个苹果按她的逻辑分配给了全家人。我永远记住了那四分之一个苹果的味道，我妈的话我记了一辈子。

在纪念母亲去世三周年的仪式上，我把1960年一个苹果的故事讲给了亲戚们，很多人哭了。有的说："1960年，你妈还给我家捎回5斤大米呢。"有的说："听我爸说，他结婚时穿的灯芯绒衣裳是他姑姑在北京给买的呢，在村里可风光啦！"说这话的人是我二舅的孙子，他爸的姑姑就是我的母亲。善良大方、厚人薄己，是我母亲给我上的人生第一课——中国老百姓的传统文化课。

我在这样一个家庭长大，自然而然养成了我的性格。从小到大、到老，和我同过学、共过事的人都说我善良、心眼儿好。我总是开玩笑说："我是庙里长大的孩子呀！"其实，是我的奶奶和爸爸妈妈用他们的言行教会了我为人处世，是在福善寺度过的日子影响了我的一生。

院子里的老师们

赵大爷是小慧的爸爸,我特别羡慕她有一个特别有学问的爸爸。他爸爸是北京工业学校的语文老师,戴着一副眼镜,说话斯斯文文的,待人和和气气的,是院子里最有学问的人。

1962年,我和小慧的哥哥小刚要上小学了。院子里的孩子大都就近上大翔凤小学,出院门儿一拐弯儿就到学校了。赵大爷和我父亲商量还是上厂桥小学好,校风好。哈,60多年前,我们院儿的赵老师就有择校意识了。厂桥小学在现在的平安大街上,上学还需穿过德内大街的马路,也比较远。赵大爷说:"我打听过了,低年级在本校上,穿过兴华寺街左拐,不用过马路就进校门啦,高年级在分校上,才去平安大街那边儿呢。去那边儿上学,咱们的孩子也长大了。"我父亲觉得赵大爷说得在理儿,想得真周到。

9月1日,我和小刚高高兴兴地背着小书包上学啦!赵大爷抱起我放在自行车前面的横梁上,让小刚坐在后面的车架上,送我们去上学。那天,我父母得上班,我第一天上学有家长送,赵大爷还让我坐前边儿,赵大爷真好,开学第一天好开心呀!这个温馨的画面,在我心灵深处珍藏了60多年,并会永远珍藏。

赵大爷家住三间东屋,迎着门儿的后墙前边儿摆着一张大大的写字台。我们孩子们在院里跑来跑去地玩儿,看见赵大爷永远坐在那儿,那个背影太熟悉了,左手永远夹着一支烟,右手永远拿着一支笔,烟圈儿绕着他的脑袋飘呀飘呀……我看小人书知道,头顶上的圈圈儿是表示他正在想问题呢,就赶紧伸出一根手指在嘴边儿"嘘"一声，让小伙伴们小点儿声玩儿。

他家靠南墙有一个大书柜，里面有很多的书，有10本厚厚的书，整整摆了一层隔板儿，赵大爷告诉我"那是《鲁迅全集》"，还告诉我"鲁迅是个伟大的作家"，夸奖我"小平爱提问题，肯定是个好学生"。鲁迅真棒呀，写了那么多那么厚的书。我的书只有《三张纸的故事》《兔子搬家》……最厚的书就是刚刚发的《语文》课本。"我要像赵大爷那样读书，我也要当老师。"后来我真的当了老师，和书打了一辈子交道。

王老师住北屋西边儿的耳房，有个独立的小院儿，她常常一边儿拉手风琴，一边儿唱歌，她的穿着也和院子里的大妈、大婶们不一样，在我儿时的记忆中，她是个好看的、好脾气的女人。

王老师一个人带着女儿生活，听大人们说她男人被判刑在监狱呢。有一天，王老师流着眼泪告诉我母亲："他回来了，花5块钱买了一支高级钢笔给女儿，女儿一巴掌把钢笔打在地上，不叫爸爸一声，不看爸爸一眼……"王老师越说越伤心，眼泪止不住地流。我父亲安慰王老师别伤心，说："你女儿是个好孩子，长大了就懂得这一切了，肯定会认爸爸的。"

长大真的很快。王老师的女儿是老初三，独生女到郊区插队，返城后分配到一家工厂上班。她还像小时候那么倔，学徒工不出师是不能结婚的，她偏要挺着大肚子去上班，延期出师也要自己的日子，也要自己的女儿，工资不高，也把女儿送到最好的北海幼儿园。

院子里的大妈大婶们挺同情她的，说："人家姑娘老大不小了，早过了结婚年龄了，手里攥着结婚证，都不让生孩子，什么事儿呀？！"她家的东山墙外，是耿家的后山墙，共享一块儿空地，耿奶奶同意她家在东山墙上开个门儿，在那块空地上盖了一间房子，王老师三代四口人，倒也其乐融融。我长大后真是很佩服王老师的女儿呢。

院子里南屋是福善寺的主殿，同治皇帝御笔"福与善生"匾额赐予恭亲王奕䜣，据说匾额就曾悬挂在这大殿里，"福善寺"就是据此得名吧，大殿一分为三，住进三户居民。

正中间是张老师家。张老师是一个白白净净、干干净净的老女人，显得和院子里的大妈大婶们有点儿不合群，爱干净，不用居委会检查卫生，她家永远是最卫生的。张老师养花儿，每片叶子都擦拭得不见一点点儿灰，我觉得张老师更爱花儿。有一年她养的昙花要开了，她招呼我们几个小学生坐在那儿等着花儿开放，等啊等，等到了半夜，我们都打哈欠了，昙花还不开，有的小伙伴睡觉去了，我和小慧坚持着，我们猜谜语、讲故事，用笑声赶跑了瞌睡虫。昙花终于开了，慢慢地、悄悄地开了，白色，真漂亮啊！但美丽的昙花一会儿就闭合了，真是"昙花一现"啊，我在大自然中读懂了这个成语。

南屋靠西边儿是李叔家，他高中毕业没有考大学，留校当了老师。20世纪五六十年代，北京的很多中学，都选拔一批德才兼备的优秀毕业生留校任教，很多人成了学校的骨干，李叔后来当上了副校长。他的儿子大学毕业，也到一所中学任教，也算子承父业吧。后来又搬来了彭老师、崔老师、付老师。西屋的常艳琪娶了101中学的马老师，他大姐的女儿小凯音长大后也从事了教育工作。

当然，最有名的是住在前院的刘心武老师，我在十三中上学时，他给我们上过语文课，讲析鲁迅的《论"费厄泼赖"应当缓行》，他那思想的犀利、语言的泼辣、举手投足的风采，半个多世纪过去了，我还历历在目，那也是我要当老师的"强心剂"。刘心武老师正是有当班主任的亲身经历，才写出了"伤痕文学"的奠基之作——《班主任》，它是当代文学长廊中重重的一笔。

我读中文系时，完成的"文艺理论课"的作业受到好评，四十多年过去了，我还记得文章的开头："我喜欢《班主任》，不仅仅是刘心武是我的老师，也不仅仅是我当过班主任，实在是这篇小说的主题深刻，振聋发聩……"

"救救孩子！"鲁迅先生当年呼喊的口号，刘心武老师再次呼喊、激荡着，唤醒了20世纪70年代千千万万颗迷茫的心，唤起了举国上下各行各业的人们对下一代的关注。宋宝琦式的孩子要救！谢惠敏式的孩子更要救！

《班主任》更是坚定了我们师范生的责任担当，"忠诚党的教育事业"，为党的教育事业奋斗终身！我实现了理想，择一业终一生，在三尺讲台上呕心沥血三十余年，退休了也不放下手中的笔。

20世纪80年代，文坛上兴起了比较文学热，我特别有幸地研修了北大中文系乐黛云先生的比较文学课程，乐黛云先生是我国比较文学的奠基人。我将巴尔扎克笔下的"葛朗台"与吴敬梓笔下的"严监生"这两个世界文坛上有名的"小气鬼"进行了比较，分析了东西方文化背景下两个文学形象的异同，很有意思呢。我将王蒙《青春万岁》中的"杨蔷云"，刘心武《班主任》中的"谢惠敏"，铁凝《没有纽扣的红衬衫》中的"安然"进行了比较，剖析了时代对个体的投影，剖析了三个文学形象的共性与个性，撰文《三个纯真的女中学生》，发表在《北京青年报》上。我感谢《班主任》，感谢刘心武老师。

自觉做什刹海文化的传播者

何谓什刹海文化？我理解的什刹海文化就是生活在什刹海地区的人们，在漫长的岁月中积淀的有关自然、地理、历史、人文的精神财富。我作为居住在福善寺的退休教师，自觉传播什刹海文化是自然的，也是我的选择与担当。

常常有中外游客走进我们的大杂院寻古探幽，曾有一个粗通汉语的澳大利亚先生一边往院子里走，一边好奇地打探："庙？庙？"他和许许多多老外一样，把四声读成了三声。一个邻居没好气儿地说："喵什么喵？！"说得那个老外丈二和尚摸不着头脑，继续自言自语："庙？庙？"还是把四声读成了三声。

透过玻璃窗，我欣赏到这精彩幽默的一幕——形神兼备的"情景剧"啊。我这唯一的观众情不自禁地进入了"角色"，快步走出家门。

"先生，您站着的地方就是庙啊，曾经是恭亲王的家庙，您眼前的建筑就是福善寺的主殿，我住的是后殿。"我抬手指了指北屋。

"您看院子里的这棵古槐，恭亲王在诗中还提到过它呢，其中有两句是'福地何须问双树，善缘应许遍群生'。恭亲王的意思是两棵古槐见证着这一片福地，您现在就站在福地上啊！"老先生爽朗地笑了，院子里的邻居也跟着笑了。

"那现在？……"

"新中国成立之初，我们国家的经济基础薄弱，所以很多学校都建在了寺庙里，我住的房间原来就是一个教室呢。几十年过去了，我们的学校都有了漂亮的校园，这些寺庙就住进了很多居民。"

"您是老师吧？！"澳大利亚游客问得十分肯定，我笑着连连点头。我是孟子批评的"好为人师"，还是一辈子教书养成了职业习惯？打车、买东西往往被人们猜中职业，今天，连老外也都猜中了呢。

2019年10月1日，是中华人民共和国成立70周年，我以垂柳为背景，彩绘了一个宣传板，引来许许多多游客围观，很多人拍照，听到两个中学生的对话，很有意思。一个说："那义务指路的老人，就是胡同口儿卖酸奶的老爷爷吧？"另一个说："那个退休老师是谁呀？"有一个游客说得挺俏皮："原来我们是站在河上呀。"

福善寺是家庙，是学校，也是我们的家园。福善寺有历史，福善寺也有未来，未来的福善寺是什么样子呢？我不知道，只知道位于京城核心区的福善寺会变得更好。

2023年4月28日

（郗仲平，西城区柳荫街居民、北京市写作学会原副会长、原北京商学院新闻系党支部书记。）

从恭王府戏台到人生舞台

刘光秀

我出生于恭王府附近的李广桥医院，在小金丝胡同长大，同什刹海、银锭桥、地安门一样，恭王府也是我儿时记忆的一部分。对于儿童时期的我们来说，恭王府就是谜一样的存在，里面有假山，有鱼池，还有漂亮的大花园。

我对恭王府的重新认识，始于青年时与恩师屈祖明教授的闲聊。屈老师是清廷如意馆馆长屈兆麟的后人，时任清华大学教授，对传统文化、古代建筑、古代服饰等多方面的研究颇有建树。屈老师喜欢跟我"翻古"，一般是皇室家族的一些旧事，什么恭亲王是慈禧上台的铁杆支持者呀；《北京条约》丧权辱国背后的苦涩呀……原来，王府的旧主，算是腐败清政府较早清醒的明白人。也就

图1 刘光秀照片

在那时候，"科技兴国""教育强国"这些观念就已经深深扎根在我心中。

当然，当年洋务运动的主导者之一恭亲王，大约做梦也不曾想到，一百多年后，新中国正轰轰烈烈地向着科技强国迈进，他家的后花园，竟然会成为新中国第二家空调厂的厂址，这是必然，还是历史的巧合？当然他更不会知道：不远处，旧时代专事朝廷印染的小金丝胡同，会走出一个怀揣着技术梦的小孩。是的，我就是在新时代发展大潮的裹挟中，从这里——他家后花园的大戏台，迈向了自己的人生舞台。

那年我刚满20岁，被分配到了北京空调器厂——现在的恭王府后花园大戏台所在的地方（空调厂原址）。

刚进厂时，首先是干基建，当时大戏台东侧正在盖着一个两层的办公楼。进厂后我马上被分配到了建造办公楼的瓦工行列。同四级瓦工一样，我负责了一个柱子的砌筑，来巡查的厂领导朝我跷着大拇指："不错，好样的，刚进厂，就立了一功！"我心里虽然美滋滋的，但这并不是我要的，甲午战争的失败、八国联军的入侵、《北京条约》签订时的无奈……桩桩件件丧权辱国的事情时常在我脑海中浮现，作为炎黄子孙，国家强盛才是我们的目标，我要上大学，我要学科学，学技术！

值得庆幸的是，我在钣金车间遇到了三个好领导。车间支书，一个慈祥的老太太，说话慢条斯理，思想工作做得那个细致，让人如沐春风。车间郭主任也是一个和蔼可亲的瘦老头，每次见我都笑眯眯的："好好干，小伙子！"让人最难忘记的，是车间副主任赵建华，她是一位年轻漂亮的大姐姐，车间派她跟我一起去外面学习机械制图，我们一起讨论技术，一起研究问题，有时也畅谈人生，偶尔我没吃早餐，她也会把自己的早餐分给我吃。在他们的关怀和引导下，在厂里组织的考试中，三级工理论，我全厂第一；实际操作，全厂第二；提前一年半结束了学徒生涯，并在王府后院戏台上进行了技术学习经验交流演讲。

拿到一级工工资的那一天，我高兴得飞起来，这是我人生的第一个飞跃，我知道，自己的理想才刚刚开始。后来，我一边工作，一边自学，终于在1979年第一批考上中央电大机械专业。毕业后不久，我又在北京制冷学会和建工大学联合举办的空调制冷大专班学习。有了机械和空调两个专业的学习经历，成就了我后来对空调产品的非标设计与研发，并且让我在这个行业中得到了充分的发展。

1986年，我被招聘到一家建筑公司。刚到新公司，我接的第一个工程任务就是安装七机部（现中华人民共和国第七机械工业部）七院和德国合资的航天实验楼的空调净化系统。这个实验楼的空调净化系统，不但有温度和湿度的要求，还有包括我国所有级别的洁净要求。我原来在空调器厂接触的产品，只是这个空调净化系统当中的一个很小部分，其余部分我从来没有接触过，既欠缺理论知识，又缺乏实际经验，难度可想而知。该工程历时两年半，这期间我大部分的业余时间都是在图书馆度过的，一瓶汽水，一个面包，一待就是一整天，我查阅大量国内外有关资料，进行反复研究推敲，克服了许多知识和技术上的难点和不足。等到该工程安装和调试结束验收后，我被提前晋升为工程师。

15年后，我又在住总集团和挪威合资的公司担任技术总监，相继完成了两个新型节能空调工程：一个是位于密云污水处理厂的新能源空调系统——城市污水能源的利用；另一个是国家宗教局十三陵的一处招待所的地源热泵空调系统。这两项工程结束以后，我获得了住总集团科技进步二等奖。

我不断学习，2004年考取了暖通空调专业的注册监理工程师，在不影响主要工作的同时，我还兼职了一段时间的暖通空调工程的监理工作。

教育强，则国强；科技兴，则国兴。作为一名技术工作者，我深知只有全民素质提高，国家整体向上发展，才能赶超世界强国。为了让更多和我一样有志于技术学习、深造的青年接受高等教育，从1984年起，我利用业余时间，在成人院校开启了成人教育生涯。我当过工人，了解他们的技术水平和对知识的渴望，我知道用什么语言描述让学员在课堂上能听懂他们想学的知识。

2008年，一次偶然的机会，我了解到进口盾构机天价的残酷现实。因为我国没有研制出自己的盾构机，进口一台需要七个亿，一旦出现故障，还需要请外国技术人员以每小时高达800欧元的天价维修，检修时还不能让中国人看……七个亿！当时，我眼前好像出现了"庚子赔款"……是的，落后就要挨打！就会被宰！只有自己强，才能真正直起腰板！也因为这一次，我决定走出国门，去学习更多的新技术。2010年，我申请拿到了加拿大第二大城市蒙特利尔的移居签证。

十多年海外漂泊，我看到了资本主义国家技术科学教育的先进，看到它们福利的优越，同时也感受到它们高科技垄断的无情，多少了解了资本的嗜血本性，也终于明白，以"自强""求富"为口号所进行的一场引进西方军事装备、机器生产和科学技术来挽救清朝统治的洋务运动注定要失败，恭亲王一生奋斗的悲剧不可避免。

昔人已逝，王府空余，恭亲王与他的洋务运动早已湮没于历史的尘埃，留给后人的除了一声重重的叹息，也应该有更多一些值得思考的东西：富国强民在清王朝的腐败统治下是不可能完成的，教育强国，科技兴国，是民族的使命，也是历史的使命，更应该是我们中华民族有志之士奋斗的初衷，我们的民族要自强不息，科技强盛，还有很长一段艰难的路要走，任重而道远，每一个炎黄子孙都应身体力行，尽自己的力量。

从恭王府后花园的大戏台到加拿大的第二大城市蒙特利尔，几十年的技术学习生涯，我切身感受到，无论身居何处，百姓真正的靠山，是要有一个强盛的祖国，只有祖国的强大，才有自己挺直的脊梁。

2023年4月，我踏上了归家的路，结束了十多年的异国他乡生活。回到了北京，回到了什刹海，回到了小金丝胡同，我的心才是踏实的。

2023年5月

（刘光秀，男，1956年生，原在国企任副总工程师，后在合资企业任技术总监。）

恭王府大戏台留下我们夫妻青春的记忆

郭秀荣

为迎接恭王府博物馆建馆 40 周年，恭王府将出版《恭王府与什刹海》一书。恭王府的研究员郝黎老师和我北京十三中同学赵书华向我约稿，让我写一写 20 世纪 70 年代在恭王府大戏楼里工作的经历。

为了唤起 40 多年前的回忆，今年五一刚过，我和我爱人及同事刘光秀在恭王府工作人员赵京和同学赵书华的陪同下，回到阔别 40 多年的恭王府大戏楼，我们触景生情，很快就找到了写作的灵感。

来到大戏楼，看到眼前修缮一新的大戏台，40 多年前在这里劳动、开大会的情景历历在目。大戏台殿堂上的每一根柱子、每一块砖都似曾穿越时空又把我们拉回到 40 多年前在大殿里与师傅们一起裁剪铁板、磨砂轮的日子。当我们三个人再次站在这个大戏台上，回忆着当年演出的场景。脚踩方砖，仰望戏楼的木雕，似乎又重新体验到第一次在大台子上演出的紧张心跳，又一次听到了全厂职工们雷鸣般的掌声。这就像昨天刚刚发生过的一样。

大戏楼是原北京空调器厂四车间的大厂房，现在恭王府的

图1　恭王府大戏楼合影留念（右起郭秀荣、王燕瑜、刘光秀）

5号门就是原四车间的大门。那天我们来到5号门附近，看到5号门内东侧的一排平房我感慨万千，往事历历在目。上班的第一天，我就是从这个门进去到劳资科报的到。当时并不知道进的是"恭王府"，后来才知道空调器厂的厂部和四车间都在恭王府里。

1976年被分配到空调厂一车间

1976年2月，我从北京十三中高中毕业后，同学们有的去北京郊区延庆插队，有的参了军，母亲怕我身体弱，受不了插队生活，给我办了个"困留"。在家待业5个月后，我被分配到了小学母校大翔凤小学所在的大翔凤胡同里的"西城区空

图 2　原北京空调器厂四车间大门，现恭王府 5 号门

调设备厂"。

　　接到分配通知书的那天，我哭了一鼻子，心想怎么给我分配到这个厂子呢，让熟人看见多寒碜呀。这个让我觉得寒碜的工厂原名叫"西城区厂桥空调设备厂"，后来才知道空调厂一共有 5 个车间。一车间在大翔凤小学旁边的一个大院里；四车间在现在的恭王府 5 号门里；三车间在柳荫街的小新开胡同口（正对着西煤厂胡同）；二车间也曾经在恭王府里，后来搬到柳荫街的西口袋胡同里；五车间却远在西直门。我上学时，总看见许多"老太太工人"在柳荫街和大翔凤胡同里干活、休息，胡同两边的便道上，放着许多高高大大的铁箱子（后来才知道是 W 型空调器的箱体），经常看见许多工人往大箱子上装铁门，

往箱体里装零件。我和同学们背后总称这家工厂为"老太太工厂",现在让我去这家厂子,多丢人哪。

母亲看我难过的样子,劝我说:"这工厂离家近多好呀,走着上班才不到5分钟,少受多少罪呀!我上班骑车还得一个小时呢。"在家耗了一个星期后,在母亲三番五次的劝说下,我才去报到。由于报到晚了,好工种都让别人挑走了,劳资科科长就给我分配到了一车间。刚进厂时,对厂里其他车间不了解,后来我才听说最累、最脏的就是一车间。

我应该是一车间第一个高中毕业生,车间领导对我很重视,重点培养使用,让我两次代表一车间在全厂大会上发言。当时并不知道,我上台发言的大台子就是恭王府的"大戏台"。

1977年空调厂在恭王府盖起了办公小楼

随着厂里生产规模的不断扩大,厂部科室不断增加,1977年年初,空调厂领导决定在四车间厂房(现在的大戏楼)的东侧盖一幢办公楼。1977年2月,刚刚被招工进厂的我爱人王燕瑜和同事刘光秀等20多名年轻人,就被分派到基建工地参加基建劳动。在王道斌师傅的带领下,他们开始了为期4个多月的厂部办公楼基建工程。记得在四车间厂房(大戏台的大殿)的北面东侧有两间平房,那是他们这些搞基建的工友们休息的地方。

每个刚参加工作的年轻人都想学个有技术的工种,他们也打听到一车间是全厂最苦、最脏、最累的车间,都管一车间叫"劳改车间",一车间一班叫"劳改班组"。三车间是全厂最有技术的车间，车、钳、铣、刨、磨工种样样俱全。三车间出来的年轻人到了其他车间好像"高人一等"，三车间的人要到其他车间办事时都是挺胸抬头的，全厂年轻人无不投去羡慕的眼光。四车间虽然不像一车间那么苦、脏、累，但是噪声、粉尘之大与一车间相比不相上下，三车间是全厂5个车间中公认的最好的车间。还没分配车间，这些刚进厂的年轻人就把5个车间情况摸了个底掉。

我爱人王燕瑜和同事刘光秀想在4个月的基建劳动中努力干活、好好表现，给领导留下一个好的印象，将来好分配到技术工种云集的三车间去。谁承想多次受领导表扬的两位年轻人和我一样被分配到了全厂公认的最苦、最脏、最累的一车间。

现在想想，其实在一车间工作的几年经历是我们人生的"一笔财富"。一车间让我们学到了在其他车间学不到的技术和本领。

空调厂领导注重对年轻职工的培养

一车间领导为了培养年轻人，给了我们许多锻炼和进步的机会。车间领导经常请技术科的技术人员到车间给我们讲技术课，鼓励我们学习钣金钳工的理论知识，还鼓励进厂不到两年的我们参加厂里的"技术大比武"。厂领导还做出如果在比武中获得优异成绩，将给参加比赛的学徒工提前出师的承诺。这下我们学徒工的积极性可高了，每天下班不回家，在车间里练习做烟囱拐脖、做簸箕，回家还要看书复习钣金下料知识和热处理知识。由于我们几个年轻人在"技术大比武"中取得了优异成绩，我们提前一年出师，工资从 20 元一下子涨到 35.5 元，这下把我们高兴坏了，每天上班感觉有使不完的劲儿。

车间领导除了鼓励年轻人学习技术外，还很重视年轻人到别的厂深造学习。1979 年 1 月，我和同事刘光秀被车间领导推荐考上了北京广播电视大学，我爱人被送到北京冷冻机厂学习机械维修。

若干年后，我深深地体会到从一车间走出去的年轻人能力都比较强，这除了我们在艰苦的环境中得到了锻炼成长以外，还有车间领导对我们的鼓励和培养，我非常感谢他们。

恭王府大戏楼成为四车间的厂房，也是全厂开会的地方

1968 年，空调厂四车间进驻到恭王府大戏楼。四车间从 1968 年进驻到 1982 年迁出，一共在大戏楼中待了 14 年。四车间厂房在 5 个车间里是面积最大的，所以厂领导把四车间（大戏楼）定为全厂开会的地方。四车间的主要产品是 035、038 大风机。现在我还能回忆起四车间厂房外堆满了大风机轮毂的场景。

四车间厂房里有剪板机、大冲床、砂轮机等多台机械加工设备，这些设备运转的噪声让我和同事们面对面说话都要喊才能听见。因为我们一车间的大剪板机忙不过来，所以每个月我和同事们都要到四车间（大戏台的大殿）的大剪板机上裁剪镀锌（雪花）板。

在厂和车间领导的教育下，四车间的工人们养成了对戏楼建筑文物保护的习惯。工人们在生产加工中总是很小心，避免

铁板和角铁刮到大戏楼的柱子、房梁、门窗等。可以说空调厂的职工们为保护大戏楼原有的建筑做出了贡献。

  1977年10月，厂领导组织全厂在四车间召开联欢会，我和爱人王燕瑜及同事刘光秀等一车间的十几个年轻人在工会冯主席的组织下，排练了一个诗歌联唱舞蹈节目，有朗诵、有唱歌、有舞蹈，在全厂的大会联欢上的演出很成功。那是我第一次在好几百位观众面前登台表演，心情格外紧张。直至后来四车间搬出恭王府时，我和同事们才知道一起表演的舞台就是大戏楼的大戏台。那天演出结束后，我们部分参加演出的同事兴致勃勃，在工会冯主席的带领下，穿着演出服沿着后海、穿过烟袋斜街，步行到鼓楼前北京艺影照相馆照相留念。

图3 当时车间参加演出的部分同事（前排右1郭秀荣，中排右2王燕瑜，后排左2刘光秀）

空调器厂从街道小厂发展成行业内的重点企业

据老一辈工人师傅回忆，北京空调厂的前身叫厂桥电器厂。1958年时，几个家庭妇女从家里搬来小板凳成立的。她们从家里搬来桌子、椅子、板凳、炉子、暖瓶等组成了生产组。刚开始的生产组，慢慢成了生产整流器的电器厂。恭王府的湖心亭曾经是厂桥电器厂的一个车间。

从20世纪50年代末建厂到20世纪80年代初，20多年时间，空调器厂从一个街道小厂发展为北京市机械局的重点企业。当时在全国空调企业中颇有名气，承担过全国知名建筑工程空调设备的安装和调试，它所生产的W系列空调器、ZK系

图4　恭王府的湖心亭

列空调器还出口到了国外。

空调厂厂部和四车间从恭王府迁出的历程

从四车间大门（现在的恭王府5号门）进去，往左转有一排平房，门卫室、医务室、销售科就在这排平房里，四车间大门的右边（西侧）有间高顶房是四车间的配电室，配电室后面（西边）有个小院子，院子里装有电力变压器和电气设施，电源线是从恭王府高墙外马路边的电线杆上引入的（10kV）。

1984年，我爱人王燕瑜从一车间调到设备科当电工，在他当电工的6年里（1990年他调离空调厂）其中有两年（1984年到1986年）是在恭王府里度过的。我爱人和张丑良师傅在恭王府上班，全厂哪个车间有处理不了的电气（器）维修工作问题，就需要他俩过去协助解决。1982年，四车间迁出恭王府后，由于电力供应的后续问题，电工室需要继续留在恭王府里，直到1986年电工室才搬到清河永泰庄。

1982年年初，空调厂接到要修复恭王府，恭王府中的单位要迁出的通知。为了按时完成搬迁任务，在新厂房没有建成的情况下，四车间的职工们在厂领导安排下，将机器设备暂时搬到了恭王府院外的街道上，按照国务院规定的时间完成了腾退搬迁任务。空调厂的职工们为早日修复恭王府做出了多大的努力啊！我为空调厂的职工们感到骄傲和自豪。

因西直门办公楼还没开始盖，厂部的一些科室只能从恭王府暂时搬到大翔凤胡同、小翔凤胡同、西煤厂胡同交界的大空场（也叫大槐树大空场）的临时板房中，1986年才搬到西直

1982至1987年，在公安部、国务院机关事务管理局、北京市各相关单位的积极配合下，北京空调器厂、中国曲艺家协会、围管局幼儿园和公安部的大多数住户顾全大局，克服重重困难迁出恭王府，极大地支持了文化部的修复和管理工作。北京市不仅为公安部提供地皮解决搬迁住户的住房问题，还由张百发副市长亲自负责空调器厂的搬迁。在新厂房未能按时完工的情况下，职工们毅然将设备搬至园外街道，按照国务院规定的时间完成了腾退任务。

图5　2012年，"恭王府历史沿革展"中提到了北京空调厂职工们搬迁的过程

门铁狮子巷新建楼房中。7月，北京空调器厂从恭王府全部迁出，小部分搬迁到了西直门铁狮子坟，大部分搬迁到了清河永泰庄。

恭王府大戏楼带给我们夫妻俩太多的回忆，我们在此相识相恋，一起度过了人生最美好的时刻，我们的青春留在了这里，我们人生的诸多第一次留在了这里。恭王府大戏楼是我们走上工作岗位的起点，也是我们步入婚姻的起点，我们这一生终将与恭王府大戏台有着不解之缘……

2023年6月23日

（郭秀荣，女，1957年生。1976年7月从北京十三中高中毕业后，被西城区劳动局分配到西城区厂桥空调设备厂一车间当工人。）

王府·柳荫社区春晚

李建春

我叫李建春，今年 64 岁，家住北京市西城区什刹海柳荫街（恭王府西墙外）的小胡同内，我母亲叫张朝荣，要是活到现在应是 92 岁了。我和我的母亲是曾经在恭王府登台为社区居民演出过的两代人。我的姐姐李建丽、哥哥李建国和弟弟李建新，也都是在这里出生长大的，现在姐姐、哥哥和我也都是退休的老年人了。

提起恭王府与什刹海那真是故事多多。古人有可能看上了什刹海地域杨树多、柳树多、河多、桥多的自然生态环境而在此建都。按中华传统的风水理念，在什刹海水域东侧规划出一条中轴龙脉线，皇宫（紫禁城）就坐落在中轴线上。按民间的说法，这就形成了一条土龙，什刹海成为一条水龙，呈二龙戏珠、坐北朝南追阳之态势。龙脉传承、人杰地灵。紫禁城正门前方的东西两侧设有各类衙门。为便于早朝和办理各项事务，以及获得优越的生活居住环境，皇宫的东侧城区和西侧城区的风水宝地自然成为诸多王府的立宅之地。

旧时，恭王府位于什刹海水系之中。北有后海，南望北海，取中建府，紧挨着府墙西，南侧有小月河，河水经李广桥在府墙外环绕至西小海,再向东经前海向西,经银锭桥倒流进入后海。西海、后海、前海由西向东贯通形成什刹海(俗称"三海")。如今,恭王府西南侧的小月河已成为暗河或改道消失,银锭桥下水向西倒流的景观也成为历史。李广桥、三座桥等也被拆除,取而代之的是羊房胡同、柳荫街和前海西街。恭王府也从封闭式的王族禁地,变成了国有资产,一度成为公安部宿舍、中央音乐学院和北京风机厂的车间,还有国家宗教事务局在这里办公。恭王府及花园历经了清王朝由鼎盛而至衰亡的历史进程,故有"一座恭王府,半部清代史"的说法。

随着改革开放,旅游业的发展,这座规模最大、保存最完整的王府,便成了国家级王府博物馆和中外人士的旅游胜地,络绎不绝的人群,成为一道亮丽的风景线。

大戏楼在恭亲王奕䜣的年代称"怡神所",是一处美轮美奂的建筑,气势恢宏、功能齐全。南部是舞台和化妆室,中间是宽敞的池座,可容纳200余人,北部设有包厢,是王爷和贵宾及女眷们看戏的地方。大戏楼是罕见的全封闭式建筑,据说为了听觉效果,大戏楼的地下还埋有多个大水缸,巧妙特殊的构造,增添了共鸣混响空间,提高了音响效果,使观众无论身处戏楼的任何位置,不借助任何扩音工具,都能清晰地听到演员的演唱,在那个没有现代音响的年代,无疑是最科学先进的了。戏楼的四壁和顶部布满了彩绘藤萝,藤萝连绵缠绕,串串紫萝似随风摇曳着,置身于藤萝下,声乐缭绕,如入仙境,好一个怡神所哉!

对周边社区居民而言,他们对恭王府的大戏楼,特别是在大戏楼上开展的各类活动充满了兴趣和怀念。

记得 2011 年春节前夕，柳荫街社区和恭王府共同筹划了一场春晚活动，经邻居们推荐，社区居委会主任专门来到我家邀请近 80 岁高龄的老母亲参加活动并给大家演唱两首歌。还别说，街坊四邻都喜欢听我母亲唱歌。我母亲唱歌有板有眼，字正腔圆，不管什么歌，她只要听上一两遍就能上调，就能演唱。母亲最爱唱的歌就是《花好月圆》。

晚会当天别提有多热闹啦。开场的器乐合奏《金蛇狂舞》，一下子把联欢会的气氛推向了高潮。居民中真是卧虎藏龙啊，有中国京剧院的刘广礼弹月琴，有中国音乐学院毕业的田月弹古筝，有田月的父亲田祝延拉二胡，有文艺骨干潘智慧敲锣打鼓，尤其值得一提的是改编配器《金蛇狂舞》的著名作曲家刘文金先生就曾住在柳荫街社区的东煤厂胡同。

轮到我母亲上场了，只见她不慌不忙，一点儿也不怯场，丝毫看不出是第一次登上舞台表演。老母亲头戴红色的贝雷帽，身着红色大披风，胸前别着一枚漂亮的胸针，这身打扮透着节日的喜庆和端庄高贵的仪态，一下子成了全场的焦点。母亲走到舞台中央，自然地拿起话筒，用目光提示为她伴奏的中国京剧院刘广礼琴师伴奏可以开始了，紧接着一段过门，母亲一张口就赢来了满堂喝彩，她扬起另一只手，用肢体语言配合歌词内容的表达抒发她对生活的热爱和对大家的美好祝福和敬意。姐姐立即摁下相机的快门儿，为我们留下了母亲那精彩的瞬间。

最后，由众多人参加表演的《拥军秧歌》再次把联欢会推向高潮。《拥军秧歌》唱的就是柳荫街居民的心里话，表达的

图1　2011年，母亲张朝荣在恭王府大戏楼演唱（国家京剧院刘广礼琴师伴奏）
图2　2013年，李建春（后排左二）与邻居们演出后合影

就是柳荫街居民拥军的日常生活。演出那天，台下的观众情不自禁地也跟着台上的表演者们唱起来，气氛空前热烈，好一幅军民鱼水情的画卷。

"拥军爱民"这一传统在柳荫街社区代代传承。1983年3月，徐向前元帅亲笔写下"柳荫军民文明街"。徐帅总是向来访者说，"我也是柳荫街居民嘛"。1982年2月24日深夜，徐帅的警卫战士袁满囤为抢救落入后海的两名工人英勇牺牲。逢年过节，高玉桂奶奶创建的"柳荫妈妈饺子队"都到解放军驻地为战士们包饺子，一盘盘热气腾腾的饺子饱含着深情。

1962年，越剧《红楼梦》红遍大江南北，饰演林黛玉的著名演员王文娟随团进京献艺，在时任北京市副市长、红学家王昆仑的陪同下，周总理带领大家游览了恭王府，并指示要将恭王府保护好，将来有条件时向社会开放。1988年，恭王府花园正式向社会开放。2008年，恭王府全面向社会开放。作

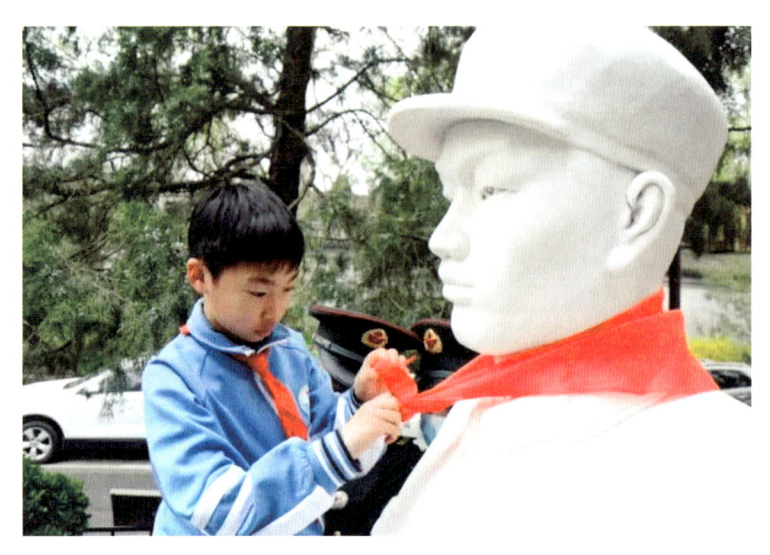

图 3　清明时节小学生在祭奠活动中为袁满囤烈士系上红领巾

为王府博物馆，迎接着国内外的宾客和专家学者，弘扬着中华民族优秀的传统文化。

2024 年 3 月 3 日

（李建春，1959 年 4 月生于北京。北京十三中学 1977 届高中毕业生。现在北京德天科技发展公司担任办公室主任。）

吹着"海风"长大的北京妞

王丽莉

拂去时间的层叠，七百多年的什刹海就像蓝色的宝石，点缀在绿荫环抱的草地中。鳞次栉比的民居，营造出古朴的风景。

什刹海的千顷碧波，与寺庙、名园掩映相望，承载了深厚的历史文化底蕴，逐渐成为游客游玩休闲的首选。这片美丽恬静的水域，在几百年间，风雨滋润，随朝代兴而兴，风物飞扬，随朝代落而不衰，静静守候，淡泊悠然。古老的王朝一去不返，而什刹海却以沉着优雅的个性，饱吸了各个时代文化的精髓，依然并恒久地绽放着古老的文明之光。

地处北京内城西北部的什刹海，以银锭桥为界分为前海和后海，这里水面宽阔，幽静宜人，水中绿荷清鲜，两岸垂柳依依。日落时分，走到了银锭桥旁，听听桥底下潺潺的水声，看看明镜似的湖面，轻轻的晚风拂过缕缕银发，我就是吹着这"海风"长大的北京妞。

1964年，我随父母搬到什刹海大翔凤胡同居住，这一住就是50多年，搬来时我才7岁，对这儿的情况全然不知晓，听院子里的老人讲，大翔凤和小翔凤胡同得名是有缘故的，传说大翔凤胡同曾选中一个娘娘，而小翔凤胡同只选中一个妃子，因而就有了大翔凤、小翔凤之分。虽是传说，无从考证，但历史上确切记载的是这两条胡同周边有多座王府。至今保留得最完整、最具规模的当数恭王府。

还记得年幼时，在大翔凤胡同的西口高高的围墙下，堆着像小山一样高的煤渣堆，有不少的人都去那里捡煤核。出于好奇，我和邻居家的小朋友也拿着铁钩子和土簸箕加入了这个大军，天黑了才回到家中，到家后被父母好一通教训。一身的尘土和满面的灰尘构成了一个不用化装的流浪孩。那时我们洗澡哪有那么方便，都是母亲带着到外面的公共澡堂去洗澡。看着我的形象，母亲气得直吼，但也没舍得动手，依然拖着疲惫的身体带我去澡堂洗澡换衣。那一周在家长计划经济的钱包里又多支出了 0.26 元。童年的趣事很多，在没有约束下我就是这样度过了快乐的童年。

春天，院子里各种花草怒放，我们闻着梨花的香，欣赏着海棠花的美。夏天的时候，我们几个小伙伴就会在院子里寻找着各种果树，哪棵果树上的果子成熟了，我们就会背着大人把果子摘下来一起分享。在学院的大院中路两边种满了柏树，一进伏天知了叫声此起彼伏，我们快乐地扑着蝴蝶、捉着蜻蜓，也就是从那时起我与恭王府结下了不解的情缘。宽阔的恭王府前院每一个角落、每一间庭院都印满了我童年的脚印。

转眼间我的小学生涯结束了，不知不觉我也长大了，中学的生活又让我增长了许多的知识和见识。1976 年，我离开了母校，来到大兴红星公社插队，陌生的环境、陌生的同伴，使我怀念少年时的伙伴，想念我的家，每到放假之时，我还会和少年的伙伴和闺密相约到什刹海，相约在北海的白塔前，在那里我们倾诉着离别之情和相见的喜悦。

结束了插队的生活，回到了城市里，回到了什刹海边上。1989年，一个偶然的机会脱离了工厂正式调入恭王府，调入了这个谜一样的高墙里面。初进王府，就像刘姥姥进大观园，幽雅而又宁静的花园，青山绿水，亭台楼阁，集南北建筑风格于一体的花园我还是第一次进入。想到以后就要在这里工作了，兴奋的心情溢于言表。

那时的恭王府清雅至极，除去工作人员几乎看不到游客。我们的工作地点在蝠厅，我的工作是向师傅学习"堆绣"。这原本是故宫中的绣女之活，已经失传很久，恭王府自开放以后，同时也在将失传的艺术重新开发。在师傅的教导下我从第一步描图开始到自己做各种枝叶和拼图，而让我更兴奋的是我的第一件作品就让一个台湾的导演选中了，这使我对自己的工作更加热爱。因为工作的需要我也被几次调动，在不断的调动中使我对恭王府又有了新的认识。

原来我工作的恭王府是清代大贪官——和珅之家。是他在任时大兴土木修建的宅邸。因为规模宏大、建筑精美，在当年很有名气。特别是我长期工作的后花园是当时北京城最有名的三大私人园林之一，与后海北岸的明珠花园（现宋庆龄故居）、西城大木仓的王府花园（曾是二龙路中学）齐名，是北派古典园林的代表。

恭王府花园占地近50亩，景观建筑大体分成东、中、西三路。中路进口是个仿西方建筑的石墙门，门楣上书——静含太古。这四个字是景题也是园题。进门穿过假山山口，迎面是一块太湖石，石顶上有"独乐峰"三个字。石北是"蝠池"，是花园的中心建筑。安善堂即园主人宴客之所。房后是座假山，山上有房有台，名"邀月台"，顾名思义是赏月之处。

假山北邻即我长期工作的"蝠厅"，厅后就是后墙，也就是我小的时候隔墙猜想的那堵墙。花园东路的入口有名曰"曲径通幽"，穿过假山是一座小流杯亭和一扇精致的垂花门。门两侧有两株龙爪槐，专家说东侧一株至少有300年的树龄。进入垂花门是一座小巧的院落，长满翠竹，绿荫森森，别有情趣。曾有人讲，这个竹子院是《红楼梦》中的潇湘馆。

小院后面是一个种满花卉的宽敞大院，大院的北边就是王府的大戏楼。于我而言，对恭王府最有感情的当数戏楼。戏楼在恭亲王时期叫怡神所，是主人摆宴看戏、办堂会的地方。从侧面看去，它像一座巨大的船坞；从高处俯瞰呢，又像一只大蝙蝠。整个建筑占地685平方米，是纯木结构，采用三卷勾连搭全封闭式屋顶，这在设计上确实到了绝妙的境界。尤其是它的音响效果好，即使不用麦克风，在室内的任何一个角落，音质都良好。有个说法是因为大戏楼的建筑巧妙，它是典型的木质榫卯结构，戏楼前部设计了两根柱子，不仅支撑了类似亭盖的顶部，还支撑了沉重的房梁，使戏台空间开阔，达到三面环声的效果。还有传说在戏台的地下埋有9口大缸，也起到了拢音扩音的作用。这种说法类似圆明园大戏台遗址发现的埋在地下的大缸。

戏楼里的装饰独树一帜。有从高大的楼顶垂吊下来的30只大宫灯；从历史老照片上，可以看到当年的戏楼内还悬挂了来自法国的水晶大吊灯，可见当年的王爷们多会享受！在室内的墙上、梁柱上彩绘着美丽的藤萝枝蔓和紫花，与外面的藤萝架内外呼应，使你坐在室内看戏，也好像身处室外藤萝架下的感觉。恭亲王的次子载滢可是北京城里有名的大票友，恭王府的家班也是京城王府中最好的家班之一。

在王府的戏楼里看戏，是很高档的享受。当年的京剧泰斗程长庚、谭鑫培、杨小楼，昆剧名家杨鸣玉，还有京剧大师梅兰芳等，都在这里登过台。1996年，我的工作再一次调动，负责戏楼的晚间演出工作，我和我的团队研究戏楼历史沿革，恢复历史原貌，邀请京剧名家登台演出，初期工作十分地艰难。晚间京剧是恭王府自主开发的新项目。当年梨园剧场和湖广会馆早已是赫赫有名，但我和团队花了很多心思，下了很大功夫，经过不懈努力，打出恭王府自己的品牌，成功地把国内外宾客带到恭王府观看京剧演出，使客人流连忘返，昔日王府戏楼再现辉煌。

花园西路进口是一道小城墙，门洞上有"榆关"二字。榆关本是山海关的旧称，书载"明洪武十八年大将徐达筑山海关，关成本无名，因为关两侧多老榆树，故名榆关"。小城墙的南面有一口井，早已无水，井边有一个小龙王庙。墙背面是一池方塘，池中有方亭，名"诗画舫"。现有浮桥与西岸连通。池北岸一排五间大瓦房，曾经做过天主教爱国会的教堂。房后有两层仿古小楼，名曰"司铎书院"，是1920年花园卖给西什库教堂后建辅仁大学时在花园上加盖的神父宿舍。当时把主教等高级神职人员翻译成"司铎"。司铎书院、蝠厅、家庙都在花园的后墙里面，引得我魂萦梦萦地猜想了很多年。在花园里工作多年后有了原来如此的感悟。

退休前几年，恭王府府邸部分搬迁修整完毕向公众开放，整齐的三路三进大庭院堪称中国王府之最。历史上在这座大宅中发生的故事，说也说不完、写也写不尽。

幼时的我曾经在里面疯玩的恭王府府邸，也随着中国音乐学院的搬出，景观依旧却物是人非。人业已从童年变成了中年、老年。不变的是恭王府，不变的是我一生的记忆。

　　2007年，我告别了恭王府又踏上了新的征程。在什刹海周边做起了胡同旅游。每天迎着朝阳，披着晚霞，迎来送往，向海内外的游客介绍着中国的文化，讲着什刹海的故事，说着恭王府的今夕。

　　很早以前，我就盼望着能有一支自己的旅游三轮车队，终于等到退休后，我才如愿以偿地去做一次自己想做的事情。

　　2008年，奥运会第一次在中国北京举办，我们胡同旅游公司也荣幸地承接了奥运终端服务。胡同游是开放的一个小小的窗口，但在此窗口我学到了很多。十几年胡同游的接待工作，令人感触颇深。

　　一方水土养一方人。是什刹海的父老乡亲支持了我，是什刹海的一方土地成全了我。未来我还有很长的路要走。人生重要的不是所站的位置而是所朝的方向。未来，我还要在什刹海这块土地上尽绵薄之力，绽放夕阳之美。

　　记忆中真实变成了故事，故事变成了传说，传说里充满了赞美，赞美我的家园——城中第一佳山水什刹海。

　　我是吹着"海风"长大的北京妞。

2023年5月

（王丽莉，女，1957年6月12日出生，文化和旅游部恭王府博物馆经营管理处副处长。）

我做恭王府志愿者十三年

赵春弟

小时候，我家住得离什刹海不远，夏天经常和同学们约着来什刹海游泳，荷花池的西北角就有个孩子的游泳场。长大后我还时时记得在什刹海的这段美好记忆。

恭王府坐落在什刹海南岸，是清代规模最大的一座王府。现在我会经常地沿着前海西岸、北岸过银锭桥，走过小时候经常玩耍的地方。

一、学习王府知识，厚植文化根基

2011年，我有机会成为一名恭王府的志愿者。恭王府志愿者的主要工作是为游人提供讲解服务。怎样做好讲解服务呢？要学习的东西有很多：清朝一百多年的历史、王府的规制、园林特点等。从一个"小白"到如今能够成为一名合格的讲解员，我经历了不断学习的过程。

馆里经常邀请国内著名专家学者和馆内的研究员进行学术讲座，这是难得的学习机会。同时，公众教育部也为我们提供了各种清史、清代王府知识等方面的书籍。很多书我都会反复阅读，对照府中的建筑寻找历史遗迹。担心记性不好，有的书我就抄下来，抄一遍记不住就抄两遍。《清恭王府研究》我抄了四个月，抄写的过程不仅加深了印象，也能发现之前忽略的细节。

为了更好地了解王府规制，我还去了张自忠路的段祺瑞执政府（原为九贝子府）、朝内的孚郡王府、宋庆龄故居（原为醇亲王府花园）等地，对照书中有关王府规制的章节，深入了解清代王府建筑特点，对比恭王府与其他王府有哪些不同。

针对恭王府的历代主人传承，我系统学习了清朝一百多年的历史，再把恭王府的历史人物填进去，这样就有了整体的把握。

为了讲好花园景观，我抄写了载滢的《邸园二十景》，对照景观，看看当年主人的描述及现在的景况，在不同季节拍摄"垂青樾""曲径通幽""渡鹤桥"等景观，结合诗句欣赏。

为了讲好"沁秋亭"及亭中的流杯渠，我背诵了王羲之的《兰亭序》，每当我带游客走到沁秋亭时，就可以对着园中景观讲出："此地有崇山峻岭，茂林修竹，又有清流激湍，映带左右。引以为流觞曲水，列坐其次。"到了亭中，众人围坐在水渠边上感受古人当年"曲水流觞"的乐趣。大家议论古人当年饮酒赋诗时，是坐在地上，还是四周的"坐凳栏杆"上呢？有的游客说："我这一辈子也许只来一次恭王府，您这一互动，恭王府我就永远忘不掉了。"

二、传播王府文化，用爱服务社会

对王府文化了解得越多，也就越热爱恭王府，想把我们知道的都告诉游客。所以，我们志愿者还开发了恭王府的历史情景剧，如《恭王府的主人们》《恭王府的女主人们》《兄弟争储》《和珅奉膳巧荐〈红楼梦〉》等，面向全社会传播。

　　恭王府的定位是社区博物馆，针对广大市民进行历史传统文化传播，对少年儿童进行历史知识教育。除了在府里做讲解，我还随志愿者团队走进街道、社区、部队、校园。学校是传统教育的重要基地，我们在学校开展了多种多样的活动，比如带着学生拓印年画，学生看着精心完成的作品，脸上洋溢着纯真的笑容，就是对我们志愿者最大的鼓励。我自2014年成为志愿者自管会委员，在自管会中负责学生工作，十余年迎送了一两百名大学生志愿者，每年组织十几场针对大学生的培训讲解，辅导他们为游客服务。而他们把情景剧带进校园，用外语为外

图1　我和恭王府的志愿者团队一起走进北京航空航天大学附属小学

图2 我和恭王府的志愿者团队一起走进北京航空航天大学

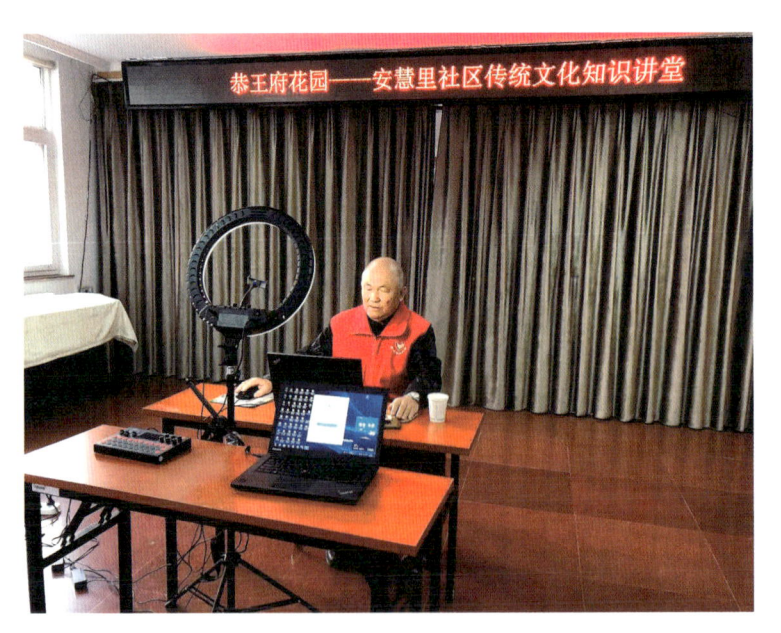

图3 恭王府志愿者进社区

图4　恭王府志愿者进部队

宾讲解，让王府文化传播更远。

每年暑假，恭王府都有港澳学生前来交流实习。讲过恭王府的建筑后，我会带同学们骑着自行车游胡同，看老北京的民居四合院，还有门楼的形式、门墩、门簪、上马石、拴马桩等，对比着学习让同学印象更加深刻。

爱心助残活动也是我们志愿者团队服务内容之一。我们也经常会接待残疾人到王府参观，有时是盲人游客，志愿者会让他们抚摸门前的狮子、门墩、什锦窗框、银安殿的窗花，为他们讲解，听完讲解，总有盲人游客含着热泪向我们连连道谢。因为他们不光听到了恭王府的知识内涵，还感受到了志愿者的关怀。

最令人难忘的是疫情防控期间，在社区团委书记的建议下，我们将传统文化进社区的活动改到线上，我们将主题确定为"恭王府的后花园"，并精心制作了讲座所需的材料，让大家在紧张的防疫期间也能感受历史文化的温暖。

三、批驳错误观点，深入调查研讨

在学习王府历史文化的过程中，我们也经常能看到、听到一些为了流量哗众取宠的错误讲解。作为恭王府的志愿者，我同样有责任、有义务传播正确的王府知识，批驳错误传闻。

比如，网上热传"中国第一豪宅恭王府，一根楠木价值27个亿"这一话题。我查阅相关资料，得知柱子的直径、高度，楠木质量密度的比例，算出一根柱子的体积和重量，再调查当前楠木的最高市值，请教专家关于古建筑上楠木的文物价值，得出了合理的价格，然后写了一篇《锡晋斋的一根楠木柱值27个亿吗？》的文章。

还有传言说，后罩楼上的窗户每一个的雕花都不一样，这是和珅为了区分每个房间里的宝物故意为之。我将后罩楼房檐的44扇窗户一一拍照并进行排列组合，得出共有21对窗户和2扇单独形状的窗户。那么后罩楼到底多长呢？我与志愿者同人进行了实地测量，最后得出后罩楼北檐墙实长151.4米，然后写了一篇《揭开恭王府后罩楼神秘的面纱》。

花园中独乐峰也有传说，和珅原本没有儿子，随乾隆帝"南巡"时，乾隆帝让他把这块石头运回家，和珅这才有了儿子。我翻阅历史资料，乾隆六下江南的具体时间，在第四次下江南时和珅才15岁，这说明前四次和珅不可能陪皇帝下江南。在和珅年谱上也记载了1780年和珅陪乾隆下江南，当行至山东时发生李侍尧案，和珅被派往云南办案。而1780年时，和珅的儿子已经5岁，还被指为十公主的驸马。1780年也是和珅建宅的开始。所以，这一传说更是无稽之谈。

我想了解天香庭院中的上水石为什么中间断开了，有些书中只写"此石毁于'文革'时期"，为此我们请来什刹海街道柳荫街社区居民80多岁的中央音乐学院的老师田老先生。据他讲述，1976年7月28日的唐山大地震后，田老师一早去上班，来到天香庭院看到上水石被震落地上，倒在盆的西南方，由此判断是向西南方倾倒时，石头中部磕到盆的边沿，所以断为两截。田老师和另外一位老师将断石抬入盆中，找来水泥把断成两截的上水石粘上，由于水泥密度大，所以水上到半截被隔住就上不去了。这样既让我们了解了上水石断裂的真实原因，也为我们的讲解提供了翔实的素材。

13年的志愿者工作，让我学到了很多历史文化知识，也让我看到恭博人严谨求实的工作作风，感受到馆领导、公教部领导老师们对志愿者的关心爱护，以及志愿者大家庭的温暖包容。

2022年，我获得了"星耀京华——北京地区博物馆志愿服务优秀志愿者"的荣誉，也曾获北京市五星级志愿者称号。有人问我，都已经70多岁了，还会继续做志愿者吗？我的想法是，虽然年岁渐长，但是我依然热爱公益事业，目前身体还行，再继续服务几年没问题，我愿意把这些年学到的知识奉献给游客，更好地传播王府文化，在有生之年为社会多做一些贡献。

2023年8月

（赵春弟，星耀京华志愿百星、恭王府博物馆十佳志愿者。）

恭王府
——炎黄子孙心中的梦

冯晓红

一提起什刹海，每个人心中都会描绘出不同的画卷，是那历史悠久的古刹、贝勒府，还是温馨、古朴的四合院？是那远近闻名的"银锭观山"，还是美味、精致的厉家菜？然而给我留下深刻记忆的是历史悠久的恭王府。

恭王府位于风景秀丽的北京什刹海西南角的一条静谧悠长、绿柳成荫的街巷之中，它是现存王府中保存最完整的。"月牙河绕宅如龙蟠，西山远望如虎踞"，这是史书上对恭王府的描述。就其选址而言，它占据京城绝佳的位置。古人修宅建园很注重风水，北京据说有两条龙脉，一是土龙，即故宫的龙脉；二是水龙，指后海和北海一线。而恭王府正好在后海和北海之间的连接线上，即龙脉上，因此风水非常地好。古人以水为财，在恭王府内"处处见水"，最大的湖心亭的水，是从玉泉湖引进来的，而且只内入不外流，因此更符合风水学敛财的说法。我国十大元帅和郭沫若等人均在恭王府的附近居住，而且都非常长寿。据说，北京长寿老人最多的地方就是在恭王府附近，这个地方真是一块风水宝地。

记得五十年前的恭王府还有住家，我的很多同学就住在王府里，那时的恭王府是孩子们的天堂，在我的心中就深深铭刻着恭王府的春、夏、秋、冬。

恭王府充满生机的春天是那样令人心动。

走在湖心岛的河岸边，冰面破碎的咔咔声早早就给我们带来了春天的信息，河边的排排垂柳也不甘示弱，争相捧出那一簇簇鹅黄的细芽，那娇艳的桃花、杏花更是春天的天使，粉红的俏脸在春风中摇摇摆摆和中外游客打着招呼，各种颜色的野花争相开放，伴着那嫩绿的小草，为春天的恭王府铺上了一层层美丽绚烂的绒毯。春天的恭王府呀，像是一位待嫁的美丽新娘。

夏天的恭王府是孩子们的乐园、中外宾客心中的天堂。

夏天到了，恭王府成了孩子们的乐园，大家扑蜻蜓、捉知了，忙得不亦乐乎。那一簇簇雪白的槐花飘出诱人的甜甜的香气，胆大的孩子爬上树，摘下一捧捧槐花，到晚上，几个孩子家里的餐桌上都会有一盆香喷喷的槐花饭。这香甜的味道伴随着我们童年的每一个夏天。

夏天湖心岛的水真绿呀！恰似王母最珍爱的那块翡翠不经意间镶嵌在了历史悠久的恭王府，真的是"水光潋滟晴方好，山色空蒙雨亦奇"。大榕树顶着粉红的花朵，张开大伞，树下一片清凉，闹中取静，蝉鸣声声，各色锦鲤在湖中游来游去，平复了都市人燥热的心绪。

秋天的恭王府是丰腴、富贵的美人，雍容华贵、风情万种。

傍晚的夕阳给恭王府镀上一层金红，夕阳西下，湖心岛又是另一番风景，水如丝、如绸，恰似天上神仙织就的一幅丽锦。成群的天鹅、水鸟、野鸭在波光粼粼的水面上形成了移动的风情画卷。看水中，各式古建筑群的倒影时隐时现，垂柳成荫，凉风习习；抬头望，河岸四周，王府的红墙绿瓦古朴端庄，冰糖葫芦的叫卖声在胡同里飘摇往返，琉璃瓦熠熠放光，不禁让人心旷神怡，这真是"此画只应天上有，人间哪有几回闻"？秋天的恭王府深深地让人沉醉，流连忘返！

冬天的什刹海难道不让人回味吗？

当白雪飘飘，西北风刮起的时候，恭王府银装素裹，纯净高雅，湖心亭摇身一变成了一位白雪公主，穿着雪白、圣洁的纱裙，神秘、高雅。那时候的湖心岛冰面上，飘荡着孩子们的欢声笑语、冰花四溅，承载着多少孩子的壮志豪情！不远处飘来的烤白薯的香甜味儿和那冰糖葫芦的叫卖声，馋嘴的你又怎能抵挡那诱惑！冬天的恭王府呀，净化了蒙尘的心灵，洗涤了世俗的灵魂，一切都是那样的纯洁、安详与和平。那是世外的净土，人们心中永远的桃花源！

春的生机盎然，夏的幽静、清凉，秋的风情万种，冬的纯洁、美丽，我心中的恭王府如一幅幅浓墨渲染的瑰丽画卷，犹如一颗璀璨耀眼的明珠点缀在北京的中央，如诗般深邃，如梦般神秘，让海外赤子魂牵梦萦，让中外游客流连忘返，悠久、古朴的恭王府是中华民族一个神秘而美丽的神话！真可谓：

> 王母碧玉落凡尘，一池仙水润龙颜。
> 古刹、王府、广化寺，商贾云集积水潭。
> 绿柳茵茵荷花红，苍松翠柏留英名。
> 王府今朝迎贵客，古刹从此换新颜。
> 八方宾客齐相聚，历史风韵展雄风。

戏楼摆开庆功酒,波光潋滟湖心岛。
恭王府里品京韵,鬃人糖画让人迷。
亭台楼阁走一走,名人奇谈听不够。
神秘美味私家菜,大快朵颐宴亲朋。
赞不够的恭王府,逛不完的什刹海。
日新月异展宏图,科学发展创和谐。
古城新貌春常在,王府辉煌谱新曲!

2002 年 6 月

(冯晓红,女,1968 年 6 月出生,退休前为北京市朝阳区劲松街道农光里社区社工。)

恭王府旁的阿拉善府和鉴园

张亚群

自元代以来，什刹海就是王公大臣居住之地。清代时，这里有恭亲王府、醇亲王府（北府）、庆亲王府、庄亲王府、涛贝勒府、敦郡王府、成亲王府、阿拉善王府、棍贝子府、绵德贝子府以及新街口北大街的弘曣府、新街口东街的弘曔府、兴华胡同的永璥府等。另外，还有清代的重臣张之洞、英和、傅恒、富俊、蒋廷锡、景廉、麻勒吉、明珠、索尼、琦善、史贻直、图海、王际华、尹继善、于敏中、张廷玉、继禄等的宅第。

什刹海畔环境幽雅，风景秀丽，自元代以来就有众多私家苑囿落户于此。明代有著名的西海漫园、定国公园、方园、刘茂才园、镜园、湜园、杨园、王园、虾菜亭、莲花社，清代至民国期间又有小石桥胡同的盛园、新太平胡同的泊园、白米斜街的可园、后海南沿的怡园、柳荫街的萃锦园、新街口北大街的絜园、定阜街的绮春园、小翔凤胡同的鉴园等。

一、阿拉善亲王府

阿拉善亲王府亦称阿拉善府。早年的阿拉善王府坐北朝南，院门在府第的西南侧，门前为府夹道。主要建筑分为东部、西部两个区域，各由五进院落组成。其建筑体现为中西合璧，既有中国传统建筑工艺，如东路的环廊、祠堂、海棠园剩余的建筑；又有西式建筑风格，如东路的西洋楼和西路的花厅；同时在建筑结构中融入了蒙古族的地域风情。彩绘中时有出现蒙古族细化的牡丹、蝴蝶、飞马等纹饰。东部过厅屋顶处东西两侧，安装有冬季烧火取暖的烟囱。在过厅南侧房屋内，还建有烤全羊的烤炉。土丘的六角攒尖亭地面上浇筑有牡丹的痕迹。

东部区域的一进院有四方亭、北房、厨房、车库等建筑。厨房设在王府的东南角，由东厢房和倒座南房组成，厨房紧贴着府墙；厨房北侧设有烤炉。当年阿拉善王府的烤全羊最为出名。院子中部有座四方亭，改建苏联援华专家宿舍时拆除，今为公安部大观园老干部活动室。

二进院是东部区域的主体建筑，由前厅（亦称过厅）、二层西式洋楼及东西环廊组成。七间带廊子的前厅，是中国传统建筑中的歇山式屋顶，屋顶处东西各有一根烟囱。前廊和东西两侧的环廊为木质结构，环廊间设有栏杆。北侧为1923年兴建的西式砖混结构，七开间的二层小楼，两侧建筑突出，整座建筑呈"凹"字形。这栋西式小楼在设计上较为独特，一层向阳处开有4扇拱形窗户和一道拱形门，一层屋顶处建有露台，四周围以1米高护墙。在露台上，春季可俯瞰院内美景，夏季可乘凉避暑，晚间还是举办舞会的场地。平台北侧为二楼，房前为镶着玻璃的走廊。这座小楼曾由塔旺布里甲拉、姜静德夫妇及第三子达穆林旺楚克、杨祉芬夫妇居住。1945年后，曾在此楼创办北京辅仁大学幼稚园。前厅与西式洋楼之间为花圃，植有牡丹、月季、核桃等花卉树木。

三进院有正房五间及东西耳房各一间。正房为阿拉善王府的祠堂，供奉着阿拉善王府先祖们的牌位。每逢先祖诞辰或忌日，府主和福晋都要率领家人到此祭拜。正房有道与西式洋楼北侧相连的环廊。

四进院为水房，原有房屋五间，是打水、洗漱之所。

五进院为马圈，南北和西侧曾有数间简易棚舍。东侧府墙上辟有旁门，可出入于王府和毡子房胡同（即后来的毡子胡同）之间。马圈东侧有眼水井，设有供马匹饮水的石槽。

西部区域的一进院有府门、车库、牌楼等建筑，牌楼与院墙之间还有一些附属用房。一进院有府门五间，南向，府门外为府夹道；府门外设有上马石、拴马桩、影壁墙。牌楼坐落于一进院的中部。

二进院为西部的主体建筑，是前后两层院落。前院有倒座南房及东西厢房，前院与后院之间有隔断墙，隔断墙中部有道垂花门。后院有正房五间及东西耳房各一间，东西厢房各三间。这个院子曾植有数株海棠，故称海棠院。1925年，达理札雅与载涛之女金允诚结婚后在此居住。1931年，塔旺布里甲拉去世后，达理札雅承袭阿拉善札萨克和硕亲王爵位，1932年，偕夫人到内蒙古阿拉善旗执政。苏联专家入驻后，曾一度改建为食堂与小卖部。

三进院为二层中式砖楼，是阿拉善王府的佛楼。佛楼一层西部供奉着喇嘛教的神像，一层东部供奉着萨满教的神像。凡遇重大节日，府主和福晋会率领家人在此举行宗教活动。

四进院为带有西式建筑风格的花厅，共五间，平顶屋面。

花厅为砖木结构，前有廊子环绕。苏联专家入驻时，曾一度改建为俱乐部。闲暇之余，专家们可以此跳舞、观看电影。

五进院为花园。土丘四周围以青石，内有六角凉亭一座，乔木数株。土丘北侧为两排花房，俗称花洞子。

中华人民共和国成立后，阿拉善府和恭王府萃锦园的部分建筑由公安部管理。"一五规划"期间，根据我国和苏联政府达成的协议，将有大批专家来华支援我国经济建设。阿拉善府和恭王府的萃锦园为苏联专家们的安置之地。

在筹备苏联援华专家宿舍区时，考虑到他们的出行、住宿、安保、生活习惯等诸多因素，在毡子胡同辟建新院门之后，将原有的府门、牌楼、佛楼、马圈、四方亭、水房等建筑封堵或拆除。西部区域原牌楼、海棠院的南部建筑及佛楼拆除后，建起两栋三层砖混结构的专家楼，还在原府夹道北口辟建一道旁门。西部区域海棠院剩余建筑改为食堂和小卖部，花厅改为俱乐部。同时，将府夹道一分为二，东西走向的夹道归于设在恭王府的中央音乐学院附属中学，南北走向夹道归于阿拉善府。20世纪60年代初期，苏联援华专家团撤离之后，改为公安部大观园宿舍区。20世纪80年代，恭王府的萃锦园进行修缮前，原居住在萃锦园的公安部工作人员迁居他处。至此，所谓的公安部大观园宿舍区，仅限于阿拉善府及北极禅林。

北极禅林又称北极庙、北极寺、北极庵、毡子庙，毡子胡同7号，旧门牌毡子房13号。据小新开胡同通明寺的碑刻记载，明景泰三年（1452）正月，为供上用，在都城内建织染所，司礼监左太监来福负责此事。其间，来公建北极庙于所偏东以祝圣寿。据王彬《北京微观地理笔记》推测，"在明代，太监的衙署往往置于寺内，因此这庙应该是供应厂太监的办公地点"。并认为："今之恭王府的前身不是明代的供应厂，当然也不是明代的慈恩寺，沿袭了供应厂与慈恩寺遗址的只能是其东侧的罗王府。"

所谓的织染所为明代内务府衙门之一。《酌中志》有记载："其署向南，在德胜门里，内有空地，堪为园圃。其染成之绢，赴内承运库缴纳。"供应厂，又称供应库，为明内务府供用库的下属单位，专司皇城内二十四衙门及山陵等处内官食米。另外，皇帝御用的白蜡、黄蜡、沉香也从此库取办。

什刹海是宗教场所较为密集的区域，恭王府除了神殿、花神庙、龙王庙、山神庙外，附近还有圣泉庵、通明寺、福善寺、慧果寺、太平庵、马神庙、天寿庵、唐氏祠堂等。民间亦有"九庵一庙三座桥，海眼就在金丝套"之说。

"金丝套"为恭王府旁的十八条胡同，北至后海南沿，南至前海西街，西至柳荫街，东至前海北沿，是什刹海最有文化底蕴的地区之一，也是旅游资源极为丰富的区域之一。

恭王府周边的胡同也有看点，如恭王府后身、前海西河沿、南官坊口（即今南官坊胡同）、府夹道、大墙缝、毡子庙、羊角灯、钱串、马神庙、龙头井、定府街（即今定阜街）、新开路、李公桥、三座桥、清水桥、箭杆、口袋、井儿等，这些胡同多以形状、桥梁、寺庙、地标建筑得名。什刹海的胡同得名多与地形地貌有关。如苇坑、草场大坑、枪厂大坑、段家坑、斗鸡坑、棉花胡同、藕芽胡同、狗尾巴胡同（即今兽逾百胡同）、羊圈、前后罗圈胡同等。民国时，曾流传着"平则门，拉大弓"带地名的童谣，从"四牌楼东、四牌楼西"至"前面就是穷人窝"，都和什刹海有关。看似简单的童谣，实际深藏着许多典故，还有胡同的成因。对当年研究什刹海文化来说，也有重要的现实意义。

阿拉善府目前为西城区文物保护单位，占地面积1954平方米。仅存西洋楼、祠堂、西花厅、海棠园（局部）、土山、连廊（局部）等。东侧原有北极禅林，现由公安部大观园宿舍区管理使用。近年来，西城区政府对阿拉善府进行修缮，栽种花草，使阿拉善府面貌得到初步改善。但同时也出现了一些新的问题，如东路前厅与二层西洋楼之间的环廊，被工作人员冠之"廊桥"，西路的"海棠院"被冠之"石榴院"，并立标识加以说明。另外，阿拉善府私搭乱建情况较为突出，存有安全隐患。

二、鉴园

小翔凤胡同的鉴园是恭亲王奕䜣的别业，亦称别邸。恭亲王奕䜣为何在后海南岸兴建鉴园呢？邓之诚的《骨董琐记》中称："大、小翔凤胡同，清恭亲王别邸在焉。清时禁令颇严，声伎等事不得入邸，故王于此创别业为招致声伎之所。院临后湖，座设明镜，以揽山色水光之胜。"邓之诚认为，奕䜣"此创别业为招致声伎之所"。"声伎"亦称"声妓"，旧时为宫廷及贵族府邸中歌姬舞女的统称。朱家溍则认为，"恭王府是官产，只是赐居的性质。而府园后墙外翔凤大院（即小翔凤胡同）的鉴园，是恭亲王奕䜣自己出资建造的，属于私产。奕䜣作的许多诗中都透露出他很喜欢邻近什刹海和后海一带地方。有一时期他和西太后的君臣关系很紧张,他可能设想一旦被革职,或者降爵,府第就要收回,于是在靠近后海的地方建造鉴园,以作退路"。按照朱家溍的说法,奕䜣兴建此园并非享受"招致声伎之乐",而是考虑如何寻求到远离仕途纷争、潜心休养生息之所。我们通过奕䜣的诗文,得知他寻求的就是那种"水边精舍绝尘埃""卷箔凭栏耳目开""莲子数杯尝新酒""松声半榻卧秋风""独倚阑干伴花立""朦胧竹影蔽岩扉""寻思避世为遁客""无限尘心暂免忙"的心境。

关于鉴园的名称,朱家溍在《北京城内旧宅园闻见录》中,有这样的介绍:"园的东部有三进院落,各有北房,左右抄手游廊。每后一进地基比前一进地基高一些,到最后一进房屋已高过后墙,从后海沿岸远远望去,墙内的最后一层屋很像一座楼。这座五楹的高阁,室内以楠木装修,间隔有花罩和栏杆罩。碧纱橱将五间屋隔为前后间。从东次间月洞门进到后间,从后檐坎墙窗户可俯看全湖,远眺西山。中间面北的落地罩木床上镶着一面与墙面同样大小的玻璃镜,躺在床上可从镜中看到湖光山色。这就是鉴园的主景,也是园名含义之所在。"

据西城区文物保护研究所编著的《文物古迹览胜》中描述:"鉴园坐北朝南,大门外有影壁墙,入院有内影壁墙,门内有东西厢房。西侧为花园,有南房九间。南房北侧有太湖石与青石叠成的假山,假山前有花厅。"《北京名胜古迹辞典》则有"坐北朝南,大门外有照壁,大门两侧有八字门墙。大门内有影壁,门内有东厢房九间。南房北为太湖石和青石叠成的假山。东部有爬山廊,山上有六角攒亭一座。假山前有花厅。花厅后的大厅为勾连搭出轩建筑。其余建筑已拆改建楼"。

通过西城区文物保护研究所编制的《西城区第三次全国文物普查成果资料汇编》得知，鉴园位于小翔凤胡同5号，占地面积6640平方米。从鉴园的平面图看，分为住宅和花园两部分，即东部为住宅，建筑较为紧凑；西部为花园，建筑较为稀疏。而朱家溍笔下的"高阁"或为鉴园的有声画楼，为鉴园第一景致。奕䜣和次子载滢以此为题赋诗多首，如《七夕后一日邀总署诸同人雅集鉴园小饮有声画楼即事》《朴庵弟来邸晤谈，偕赴新构鉴园别墅登有声画楼，翼日以诗见赠次韵奉和》《上元前二日有声画楼望月》《有声画楼即事》《有声画楼即景》《重阳登有声画楼》等。

鉴园建成后，由于环境幽雅，又极为僻静，深得奕䜣喜爱。《乐道堂文钞》《乐道堂诗钞》《萃锦吟》等诗集中收录了以鉴园为题的诗文达二十余首，如《中秋邀朴庵、心泉二弟鉴园小酌》《雨后鉴园遣兴再依前韵集成绝句四首，兼怀扑庵弟》《仲冬廿四日鉴园喜雪二律》《雨后鉴园即目》《春晴鉴园遣兴》《清明日鉴园遣怀》《人日鉴园游瞩四截句》《初夏鉴园游目聊作二律》《鉴园寿荷截句》《荷花生日鉴园赏荷二截句》《鉴园避暑》《鉴园春兴》《鉴园雨后纳凉》等。其中不乏绝妙佳句，如："秋影萧疏接岸铺，远山浮翠夕阳孤。荷花撩乱水清浅，暝色凄迷云有无。凫雁相将偕旧侣，菰蒋杂写作新图。眼前小景皆佳句，好待诗人笔妙摩。""山光物态弄春晖，又见辞巢燕子归。新水乱侵青草路，好风摇动绿波微。共知人事何常定，只向诗中话息机。独倚阑干伴花立，朦胧竹影蔽岩扉。""芙蓉池在卧床前，凭著朱栏思浩然。已被乱蝉催晼晚，倚风娇怯醉腰偏。"

奕䜣之子载滢也曾以鉴园为题，作有数篇诗文，如《园居偶兴》《初秋雨后鉴园即事》《陪少岩澍田昆仲鉴园小酌》《鉴园遣兴六首》等。《鉴园十二咏》中有《有声画楼》《湛华堂》《垂荫轩》《醉月簃》《快哉风》《妙香室》《梯云揽月》《小有洞天》《疏香花韵》《超然亭》等。其中的"岚翠抱城郭，湖光荡烟树""满地凝水镜，照席流清光""高卧辟轩敞，徐徐来清风""静中多妙谛，清极忘幽独""苍茫碧霭平，舒啸青天阔""疏林红叶含风冷，老圃黄花带雨香""松窗雨过琴书润，竹径风微笋箨香"等堪称佳句。

晚清政治人物宝鋆与奕䜣交往甚密，曾作有《谨步鉴园主人元韵》一诗，诗中写道："野亭何处问三休，蛱蝶惊飞笑魏收。怪石峻嶒谁射虎，澄潭淡定羡眠鸥。千门杨柳烟如梦，一叶梧桐露已秋。神往青莲花世界，浑忘诗债并棋雠。"

2022年5月，在西城区图书馆查阅资料时，发现袁昶有首《鉴园有小水流入什刹海，隆冬不涸不冰，异境也，过耳乐之》诗，诗曰："诸天碧海冻，此水独溅溅。欲却酬池畔，潜通小洞天。"说明鉴园存有清泉，这股清泉发源于假山石中的山洞内。奕䜣的诗文中也能看到鉴园存有这道清泉的记录，如"雨余园树含新绿，霞染溪荷映晚红""无事始然知静胜，厌泉声闹笑云忙""一道凉泉未拟归，闲寻鸥鸟暂忘机""云散远山当晚槛，竹阴流水绕回廊""兴来小豁胸襟气，长日凭栏看水流""犹期明日清风夜，好是登山临水时"等句，或多或少都与这道清泉有关。鉴园还设有荷花池，而荷花池的水源自这汪清泉，奕䜣和载滢留有多首赏荷诗，如《鉴园寿荷绝句四首》《荷花生日鉴园赏荷二绝句》《赏荷》《咏自种白莲》《立秋后五日鉴园赏荷》等。

鉴园中的这道清泉，与"十汊海"这个名称多少有些联系。十汊海亦称十汊河、三汊河，由于早年什刹海除湖泊面积外，还有套河、汊河，《香苏山馆诗集》有《十七日梧门邀同陶季寿，欧阳碉东出德胜门观十汊河荷花归饮作歌》《雨中独游三汊河观荷归呈梧门学士》等。"梧门"即曾任国子监祭酒、侍读学士的法式善，别号时帆、梧门、陶庐、小西涯居士，住在松树街。曾在住所举办诗龛雅集活动。法式善旁住有礼部侍郎、漕运总督的铁保，铁保还是清中期著名的书法家。另外，兵部尚书、协办大学士的张百龄也在附近居住。住在清水桥附近的清末重臣翁方纲，曾召集20余人，每月在湖上举行诗会。民国时期，辅仁大学校长陈垣在司铎书院举办海棠诗会，30余位社会名人踊跃参加。

可惜的是，泉眼干涸时间久远，以至于曾在此居住，并将鉴园改为止园的宋小濂，以及后来的朱家溍、董宝光等人并没有做文字说明。

2022年10月1日上午，笔者曾对鉴园的泉水做过实地考察，发现在仙游洞旁有"蕴润""云根"等石刻。"蕴润"二字含有蕴藏湿润之意，而"云根"二字，含有烟云之意，或许这些石刻与这股清泉有关。或许若干年之前，泉水从叠石中渗出，然后顺着沟渠萦绕于莲花池、亭阁、丛竹、回廊之间，穿过院墙，再注入后海，由此形成鉴园独特的一道景致。

目前鉴园为西城区文物保护单位，由中央警卫局管理使用。东部的三进院落及西部花园建筑多被拆除，仅剩下三间平顶小屋、四间爬山游廊、翻建后的五间大厅、一座假山石以及一棵略有树龄的老桑树。三间平顶小屋坐东朝西，建筑面积不大，南北两侧的爬山游廊各为两间。这些建筑装饰简朴，却又不乏素雅之气。平顶小屋地基较高，东侧为3米多高的虎皮墙，西侧与假山相连。爬山游廊南北各有一条石阶，通过这两条石阶，既可以到达平顶小屋，也能通向假山其他地方。北侧石阶旁砌有太湖石，为该假山最为精美的区域。南侧石阶旁立有青石，上有三生题写的"苍璧"两字。

假山东西长约20米，南北宽约4米，平均高度为5米。上有亭台，外有石阶，内有山洞，可称得上造型独特、别具匠心。

假山上有三处平台，东部平台设有大理石圆形石桌，石桌外侧刻有万字纹、卷草纹莲瓣等纹饰。石桌造型古朴，疑为清代遗物。中部平台面积较大，设有青石垒成的石桌、石凳，旁有一条石阶，石桌西侧刻有三生题写的"静栈"两字。"静栈"有静谧的山间小路之意。西部平台面积较小，地势却略略地高出一些。有些史料记载这里为六角攒尖亭所在位置。但从现场勘查情况来看，并没有发现柱基石痕迹。中部和西部平台之间有道用青石叠砌的石门，石门上字迹已显斑驳，尚能辨认出"游仙"两字，石门东侧青石上残留"飞""三"等字。载滢的《鉴园十二咏·梯云揽月》中有"置酒临高台，景旷神怡悦。举手欲攀云，仰头惟见月。苍茫碧霄平，舒啸青天阔，心抱玉壶清，陶然意幽绝"句。此诗为应景之作，或许与这些平台当年的景象有关。

山洞面积为20多平方米，洞中宽窄不一，南北各有洞口。载滢的《鉴园十二咏·小有洞天》中有"层层壁上观，奇妙玲珑画。分明古洞天，幻出新世界。生趣发寰中，会心游象外。

咫尺望天涯，未觉乾坤大"句。笔者推测，此山洞或许就是载滢笔下的"小有洞天"。但笔者发现，山洞外有"仙游洞"三个字，或许此山洞亦有仙游洞之称。山洞旁的青石上还刻有"别有天地""云根""灵岩""蕴润"等字。假山东侧还有一个面积约 5 平方米的独立山洞，石壁上刻有"业"字。

但笔者发现，这些石刻由"三生""潋友"题写，但由于文献资料有限，既不清楚这些石刻来自哪任园主居住期间，也不清楚是哪位园主的亲朋好友。它就像谜团一样，让人费解。而让人费解之处还有许多许多。

2022 年 10 月

（张亚群，什刹海民俗协会监事长、西城区作家协会会员、什刹文化学者。）

一个不应该遗忘的院落
——府夹道1号

王滨滨

时间回到1962年，搬家的卡车从工会大楼右转上长安街。路上可见成片绿油油的玉米地，其间散落着农舍。车进复兴门，过西单、西四、平安里，达北海后门附近，进胡同，我们一家到了府夹道1号新居。

"府夹道"顾名思义是两道府墙之间形成的过道，夹道中只有东北王府的一个开门，因此夹道只有1号门牌了。夹道本身就有胡同的意思。府夹道名称比周边胡同（大墙缝、小墙缝）名称好听多了，因此它们被改成大翔凤胡同、小翔凤胡同以正视听后，府夹道的名称仍沿用。

府夹道1号应该是北京仅有的一院占两府的院落。它占据了阿拉善王府的全部和恭王府的花园部分。院落东门正对东煤厂胡同，北门面对大翔凤胡同，西门（现恭王府6号门）隔着李广桥医院与北京十三中（原涛贝勒府）相对。院落占地面积应不少于现在恭王府博物馆的面积。我们习惯把阿拉善王府的住宅区称为前院，将阿拉善王府和恭王府花园部分称为后院。由于后院比较大，再细分认为恭王府花园传说曾经是《红楼梦》中的大观园，因此也习惯叫它大观园。两府后花园都有假山，因疏通后并连为一体，因而像一个完整的花园。但东西两园景色又有差异：大观园多亭台、楼阁、水榭、奇峰；阿拉善王府这边多大树、果园、苗圃。此时，夹道北部自然消失。从恭王府九十九间半（后罩楼）东侧向南的夹道改为一堵墙，西边是中国音乐学院，东边是1号院。夹道两侧能通行了，1号院在夹道东口安装了大门，把夹道封了起来，并在其空地上盖了花房。因此，府夹道1号院在西府夹道名存实亡了。府夹道1号院落西北边部分和天主教堂相连。那时没有墙，隔着栅栏看挺神秘的，不敢靠近。府夹道1号院是公安部为接待援华苏联专家建立的，为此从国管局要来了阿拉善王府，从天主教会要来了恭王府花园。

阿拉善王府是一座中西合璧的府邸，依中线分为东西两部分。东侧是西式的，现基本保持原样；西侧是中式的，有四合院。在四合院前后盖了两座专为苏联专家住的三层小楼。楼的质量非常好，超过当时宾馆水平。因为苏联专家常常带有家眷，所以房间都是套间，甚至三套间。房间三米多高，地面上铺着实木地板，卫生间带有大浴盆和淋浴设施，房间内按照俄罗斯人的生活习惯设置有两个储物室，这些接待房都有地下室和锅炉房，方便洗澡和供暖。因为是招待用房，房间内一律没有设置厨房。两楼之间的四合院保留为食堂，有大小餐厅各一处。食堂供应中西早餐，由于是特供性质，不使用粮票。其中一位大厨是从白俄过来的，在哈尔滨给俄罗斯人做饭，专家们叫她莎莎。随着中苏关系的恶化，俄罗斯专家逐步撤离，人去楼空，公安部把它整改成为干部宿舍。

府夹道1号院有警卫室。从南边郭沫若故居、我们院、徐向前院、叶剑英院至后海北沿宋庆龄故居是一个警卫排负责警卫。排部在我们后院，警卫战士也住后院，每天早上到前楼广场出操，练习打靶、沙坑跳远、单杠引体向上等。那时大院里的管理非常好，有专门的管理员，由公安部干部担当。还有电工、水暖工、木工、花匠、锅炉工、清洁工等，虽然是工人，但觉悟都挺高的。部里办公厅有专人、专车每天去特供点拉副食、烟酒等；院里有公安部派来的干部担任辅导班老师，因为他们的父母都担任国家要职，真的是太忙了，无暇管理孩子，负责给院里的小学生上下午辅导班，辅导作业，作业完成后组织学生看书、下棋、打球，还组织去德胜门外劳动，主要是去菜园摘菜。中学生暑假则要去秦城农场（现秦城监狱）劳动，吃住都在那里，过集体生活。公安部对孩子教育管理比较严格，干部家庭孩子犯了错误就在编辑部大食堂门口出告示，点家长的名，这一招很厉害，孩子干事都想着别犯事儿，别给家长丢脸，一旦家长知道孩子犯了错，回家准挨打。院里果树很多，有枣树、桑树、海棠、李子、葡萄等，还有专门的桃园、苹果园。秋天，大家一起采摘，分享劳动果实，培养孩子的集体主义精神。

食堂一日供应三餐。西餐大厨莎莎烤的面包非常好，有小圆的金色面包，也有大方的俄罗斯大列巴，酱肉也做得好。院里每日都有开水供应，自家去食堂旁的热水房去打开水。周六晚、周日供应热水，在家里可以洗澡。1964年，院里就用上了罐装液化气，这样住楼里的人家做饭就方便多了。

国家三年严重困难时期，院里和院外粮食副食供应是一样的，都使用票证。大院里干部上班坐大班车，部长、局长配有专车。后院车库里有很多辆吉普车，以苏式嘎斯六九为主，还有三轮跨子（侧三轮摩托车），孩子们经常进入车库摆弄。

大观园里拍摄过不少电影、电视剧。最有名的是1963年上演的《早春二月》，由谢铁骊执导，孙道临、谢芳、上官云珠主演。场景就在蝠池边上，蝠池中放满了水，在淡淡的夜幕下，孙道临和谢芳边走边谈，把一个池子拍成了江南水乡，说明北京电影制片厂的水平高，也说明了大观园真可谓园林建筑的典范。

"文革"大串联开始了，院里食堂改为红卫兵联络站。大餐厅地上铺上草帘，小餐厅开灶做饭，蒸干粮。军队来的家属大妈都曾经是支前模范，把接待工作做得井井有条。

随着"五七"指示的落实，干部们举家去了东北干校。有和苏联沾边的干部去湖北沙县干校。中学毕业的学生响应号召上山下乡或去了生产建设兵团，也有家长与部队有关系的孩子当了后门兵。此时府夹道1号大院空空如也，一片荒凉的景象。

公安部"五七"干校留守处搬来了，大多数干部属于指示中的"老弱病残"，为了体现他们在北京城也能受到干校一样的农业劳动的锻炼，他们把假山东侧的桃园的果树刨了，种上春麦。秋天麦子没有多少收成，过段日子都发芽了。留守处也继承公安部干部管孩子的传统，专派一名青年干部负责孩子们教育。由于他年轻，和孩子们相处得不错。他领着孩子们在前、后院花园里挖防空洞穴，但因质量太差，后又填上土了。

随着公、检、法工作的逐渐恢复，东北、湖北干校劳动生活结束了，原本外放的干部们又回来了，但下放时部里有些宿舍由于没人住，上交了。现在突然变得人满为患。府夹道1号原来的空房被住满了，该利用的全利用了。又改建食堂、小餐厅直接住人。大餐厅打隔断分别住人。以后又在麦子地、花房、车库盖起了灰色平房，解决不断回来的人的住房问题，对院子影响最大的是1976年唐山大地震。前后院敞阔的地方都盖了地震棚，地震棚时间一长就拆不动了，又加上本身住房就紧张，公安部房管处索性在地震棚占地处盖新房。因此，阿拉善王府这边篮球场、前花园、后楼前、后果园集中盖了几处红砖平房。从此，阿拉善王府这边边角角无空处，显得格外拥挤、凌乱。而大观园除了原有旧房使用，未加盖过一处新房。

最先进入府夹道1号院的是文化艺术出版社。用了大观园的东北角，那里从前是警卫排的驻地及院后勤人员的宿舍，当时出版社人员仍然穿行阿拉善王府，出大院车门。它和恭王府管理处一样都是文化部的下属单位，没有注意啥时候迁走的。

蝠池水又绿了，水从国家宗教事务局流入，恭王府花园开始修复了，院里淘气一点的孩子在蝠池钓钓鱼或顺手拿走几个花盆，但总的来说没有影响过施工。后来东山外侧拦上了铁丝网，大观园口上（4号门处）安装了铁门，以此和阿拉善王府为界，恭王府花园基本修复完成后。文化部和公安部商议拆除了东山外侧宿舍房（原麦子地处），把整座山圈起来，并砌了一堵王府制式的大墙，从此府夹道1号院的花园一分为二了。

恭王府的花园能够留存及以后的腾退修缮得益于府夹道1号院。首先，院内有人住，且管理严格，对住房的保护是有益的，有供暖，有维修，有院落打扫。院里的亭台楼阁、山石山水基本保护完好。即使在"破四旧"时代，院子里也坚持良好的管理。恭王府博物院的镇馆之宝——福字牌裸露在山洞中多年，没有被盗，没有被砸，保存完好可以说是奇事。西洋门、榆关，我在院时都是修整过的，只有大戏楼交给街道，"文革"时又放抄家物资，后又给了街道工厂，被毁坏了。

要修复首先就是腾退工作。如何安置院内的住户是大问题。公安部在部幼儿园盖了两座新的大楼，其中一座楼主要安置恭王府花园的住户，以供内部工作人员，没有用其他单位一分钱及占地补偿。总之，公安部对恭王府博物馆的恢复不遗余力地支持。

历史是一步步走过来的，不能忘记过去。府夹道1号院的存在对恭王府博物馆的完整性起了很大作用。这是不争的事实。我去厂桥派出所档案室查到府夹道1号是在1970年改为毡子胡同7号院的，虽然院落名称已丢失50余年，但院落曾经的存在不应该被大家遗忘！

2023年5月15日

[王滨滨，男，1954年12月生。1985年北京医科大学口腔医学院研究生毕业（现北京大学医学部）。1990年至1992年在美国纽约大学（NYU）牙科医学院学习，回国后长期从事口腔临床和教学工作。]

我了解的恭王府与什刹海

赵书华

我作为出生并成长在什刹海地区的 66 岁的社区居民，在这样多元文化的浸润下成长，深深地被这里深厚的文化资源折服，并为此感到骄傲和自豪。1965 年，我家从羊角灯胡同搬到柳荫街小新开胡同 5 号，两处均离恭王府不到 100 米远，我就择其一点，讲讲我了解的恭王府与什刹海吧。

1957 年夏天，我出生在龙头井羊角灯胡同，那是一条平均宽度约 3 米、长 168 米，东西走向，中部向北凹进的一条不长的胡同。早年曹雪芹在《红楼梦》里写到过羊角灯胡同。据我所知现代著名相声演员侯宝林先生也在此胡同短暂居住过，还有现代文学大家刘心武的妻子吕晓歌一家也曾在我家隔壁的院子里居住过。为此，刘心武先生还专门考证过羊角灯胡同名字的来历。

我对刘心武先生的考证特别关注，因为我从小就想知道我们家住的这个胡同，为什么叫羊角灯胡同。羊角那么小，这灯挂在哪里呢？

刘心武先生在书中写道：

北京的魅惑力常常深藏在若干细节里。比如羊角灯。

图1　羊角灯胡同（李少武摄）

在北京内城西北什刹海水域附近，有一条羊角灯胡同。那是一条非常典型的小胡同——不长，不甚直，两边的四合院都不甚峻丽，直到20世纪70年代以前还是黄土路面。为什么叫羊角灯？是否明清时期这里有生产羊角灯的作坊？或者是有专营羊角灯生产销售的商人在此居住？为什么是羊角灯呢？这种灯的样子像羊角，那形状多么奇怪！是用羊角做的吗？怎么个做法呢？后来我有回在枕边翻《红楼梦》，在第十四回里读到这样的描写："凤姐出至厅前，上了车，前面打了一对明角灯，大书'荣国府'三个大字……"胡同里的老人告诉我明角灯就是羊角灯。那么，从《红楼梦》里的这种描写可以知道，这个灯的体积可不小，否则上面无法大书府名。再后来又从《红楼梦》第七十五回发现有这样的描写："当下园之正门俱已大开，吊着羊角大灯。"我翻阅的是庚辰本，但在通行的一百二十回本子里，第十四回的描写里"大书'荣国府'三个大字"被篡改为"上写'荣国府'三个大字"，而第七十五回的描写则篡改为："当下园子正门俱已大开，挂着羊角灯。"瞎改的前提，一定是觉得羊角制作的灯上纵然可以写上描红般的大字，却绝不可能在灯体上"大书"，不可能是"大灯"；改动者怎么就不细想想，倘若真是仅如羊犄角本身那么大的灯，怎么能与贵族府第省亲别墅的正门相衬？而且，那样窄小的灯内空间，也很难安放点燃的蜡烛呀。

北京有句土话：较真儿，就是对事情认死理，对似乎是枝节的问题也要研究个底儿透。这种群体性格仍存在于今天的北京市民里。

我曾这样想象过，在玻璃远未普及的情况下，也许是有一种把羊角高温融化后，再让那胶质形成类似玻璃的薄片，然后将其镶嵌在竹木或金属框架上，于是便将那样的灯称作羊角灯。在一个初秋的傍晚，夕阳仿佛在什刹海里点燃了许多摇曳的烛光，我在湖畔向一位曾经当过道士的葛大爷提起这事，说出自己的猜测，结果先被他责备："哎呀，可千万不能胡猜乱想呀。"后听他细说端详，才把羊角灯的由来搞清楚。原来，那灯的制法，是选取优良的羊角，截为圆筒，然后放在开水锅里，和萝卜丝一起焖煮，待煮软后，用纺锤形楦子塞进去，用力地撑，使其整体变薄；如是反复地煮，反复地撑——每次换上鼓肚更宽的木楦，直到整个羊角变形为薄而透明的灯罩为止；这样制作的羊角灯罩最鼓处直径常能达一尺甚至更多，加上附件制为点蜡烛的灯笼，上面大书三寸见方的字，提着或挂在大门上面，当然都方便而得体。

我感谢葛大爷口传给我这关于北京旧风俗的知识。但他那期望旧有的风俗都能原封不动地予以保留的心态，我却并不认同。

刘心武先生的考证，让我初步了解了我所居住的胡同名字的由来。而羊角灯的实物照片，让我在故宫博物院家居馆里找到了并有着明确的说明：常见的羊角、牛角在宫里也有着华丽的样貌。清代有一种灯具很常见，叫角灯。这种灯自唐代就有，后被广泛使用，清代以前也称作明角灯。其材质有别于传统的纸、纱、玻璃，而是用羊角或牛角制成的。无论是羊角还是牛角，其成分都为角质化蛋白质，接近人类指甲的成分，即使断了也能再长出来。比以钙质物为主的鹿角更有韧性，易于变形，

图2 柳荫街（李少武摄）

适合做灯具。制作羊角灯，需将羊角加工成筒状，高温软化后利用工具拉薄，再塑成球形或椭球形的外壳。

角灯灯壁薄且脆，透光性好，质地细密，里面放置蜡烛后不易被吹灭。所以这种灯还得了个有意思的名字叫"气死风"。

"现在，故宫家具馆中就安设有一件角灯，尺寸较大，灯壁上还有团寿纹装饰。"

在羊角灯胡同我住到8岁，1965年我家搬到了小新开胡同。小新开胡同就在柳荫街路西，斜对面是大翔凤胡同，大翔凤胡同是在恭王府的北墙外。我们小时候经常到柳荫街上恭王府的7号门外玩耍，坐在门外讲故事。这个门早年间在门口挂着宗教事务局的大牌子，它大约离我家有80米吧。30岁之前，我都住在恭王府近旁。

图3　羊角灯胡同23号（李少武摄）

一、羊角灯胡同 23 号

我家住羊角灯胡同 23 号，原来是 12 号，就是中间凹进去的那个路北的高台阶随墙门里。胡同路北边从西往东数的第二道大门。这是一个两进的院子，附带东西两个跨院。据房东王家的三哥讲，是他老爷（当年的大鼓张，是侯宝林早期的挚友，经常在一起切磋技艺）在清朝末期从恭王府府邸的管家手里买下了这个院子。

新中国成立初期，我家搬进来时，里院北房三间，靠西两间住的是房东王家，靠东一间住的是白婶家；东屋三间，靠北两间住的是李舅舅家，靠南一间住的是于家三姑家；西屋三间，靠北住的是我舅舅一家，中间一间住的是韩家，靠南一间住的是天津于婶家。南屋靠西两间住的是我们家，靠东一间是于家三姑家。一座方方正正的院子，还有东西两个跨院，一个后院。东跨院挺大的，房东家在这里种着向日葵、老玉米等植物，垒着鸡窝，放着杂物等；西跨院十分宽敞，种着两棵大枣树，靠南有一个茅厕，靠北接着后院。所谓后院，就是北屋的后山墙，后面有一个很宽的夹道，夹道南面是北屋的后山墙，夹道北面是一道高高的院墙，院墙对面就是现在恭王府的正门。外院只有北房和东房，北房是我三叔叔家住两间，一个叫小皮球的姐姐家住一间，东房三间是张慧荣家住。

外院很空旷，据说是房东家原来要盖西房和南房，后来没钱了，也就撂在那儿了。在这个院子，我住了 8 年，我的幸福童年就是在这里度过的，邻里间和谐相处、友爱互助。这 8 年留给了我许多难忘的回忆，这些回忆记录在《我家住在什刹海》

图4　恭王府正门（1号门）（李少武摄）

那本书里。现在我还清楚地记得1964年我7岁，我和院子里的孩子们一起趴在后院的墙头上，看恭王府大门内的庆祝活动和表演。查了一下恭王府的大事记，1964年，是中央音乐学院在此成立。

二、什刹海与恭王府

对恭王府的进一步了解是在我60岁的时候。那年我组织撰写了一本书，所有的作者都是居住在什刹海地区的居民，都是北京十三中学同年级的校友，这一年我们都到了甲子之年，纷纷从工作岗位上退下来，出于对自己出生地和居住地的感情，对儿时亲情、友情、同学情、家乡情的眷恋和纪念，我们完成了40万字的纪实文集《甲子情系什刹海》。在写作过程中，我们开始关注什刹海的历史变迁和发展进程，开始关注什刹海的文化发展脉络、关注什刹海的名人逸事和什刹海的景点特色、关注恭王府。

1988年，恭王府后花园正式对公众开放。但因缺少经费，后花园的修缮并没有全部完成。而我第一次走进恭王府花园是在20世纪90年代，北京市科委组织了高校"百人工程"的学者到恭王府花园参观。那时进恭王府花园是在柳荫街上的西门入口，西洋门、湖心亭、蝠厅、福字碑和独乐峰等景色一一展现在我眼前，给我留下了深刻的印象。恭王府离我家近在咫尺，这么多年我却从来不知道里边有这样美丽的园林景色。

第二次走进恭王府是在2004年，我和北京工业大学经管学院院长陪同德国的德中友好协会主席参观了恭王府。我的校

图5 什刹海的春天（何其敏摄）

图6　恭王府6号门（李少武摄）

图7　王丽莉（右）在福厅茶室接待外国游客

友王丽莉和王玉珍在这里工作，安排了这次的游览和参观。我们在大戏楼里观看了演出，在蝠厅观摩和体验了中国的茶文化，又来到毡子胡同28号的白燕同学家参观了老百姓的民居四合院，品尝了丰盛的家宴，欣赏了白燕父亲——什刹海地区著名票友白大鹏先生的京剧国粹选段。

2008年8月20日，大修后的恭王府府邸对外开放。至此，恭王府全面开放，成为中国唯一对公众开放的清代王府。而我第三次走进恭王府时已经是2018年，就是在开始写第二本书《我家住在什刹海》的时候，王丽莉同学组织了我们同学参观恭王府，并邀请老领导康明先生给我们介绍和讲解了恭王府的修复过程和恭王府内红学研究所的研究成果。这一次参观，让我对怡红院、潇湘院的翠竹印象深刻。

　　通过三次走进恭王府，逐步加深了我对恭王府的了解，而近几年随着对什刹海文化的深入了解和不断研究，又让我对恭王府自身的文化特色和对什刹海地区各阶层社会文化的影响有了更深刻的认识。历史地理学家侯仁之先生说：一座恭王府，半部清朝史。恭王府规模宏大、布局讲究、建筑富丽堂皇，是我们现代人感受北京王府文化的绝佳之地。

　　是啊，生长在什刹海，是我的幸运和福气！能够近距离地接触和欣赏恭王府并参与恭王府文化的传播是我的志愿！我向恭王府的教育传播部正式提出了申请，做一个传播恭王府文化的志愿者、一个宣传员，让更多的人了解恭王府，了解我的家乡什刹海！

2023年4月28日于孔雀城

（赵书华，女，1957年出生，北京工业大学教授，硕士研究生导师。主要研究方向为国际服务贸易与文化产业发展。2012年退休后，倾心于北京什刹海地区的文化发展研究。）

思旧日，看新天：
"海畔老友——恭王府与什刹海的共同记忆展"有感

肖 和

今年的小雪节气，麻溜地带来了一股股寒风，突然就把北方金灿灿的树叶吹落一地。我不由得驻足欣赏，天空蓝得就像深不可测的大海，与焦黄的叶色、胡同里的灰砖和紫禁红墙、橙黄色的琉璃一起竞相炫耀着色彩；就连什刹海那蓝宝石般的湖水、恭王府里的绿瓦也在强烈的日照下彰显出耀眼的光芒。任何一幅油画在这鲜明的色彩对比中都无法与之相媲美。这是大自然的魅力？不，这是中华文化独有的色彩幻化出的一幅巨大的千年画卷。就在这画里，我时常在想，我们这代人要在画中添彩，可万万不能活在其间视而不见。

当我回到家里，看到墙上还挂着十多年前老同学、文化部恭王府管理中心原副主任刘霞赠予我的《御笔之福》，便引起我千番畅想，我们生在北京，长在如画之境，真可谓享福了。

今年8月，好友王铁成先生捎来好信，邀我一同参与什刹海社区的文化建设。这话题一下就把我从三年疫情中叫醒了。已近杖国之年的我兴奋不已，千番畅想即将成为现实，若能沿着咱新老北京坚挺的龙线，圣洁的色彩，"天生我材"尽丹青，那才对得起前贤，对得起北京"爷们"的称号呀！今年正逢恭王府博物馆建馆纪念，趁国家鼓励"文化自信"之际，恭王府博物馆的领导和专家们积极响应，变守望古园为走出古园，面向全民首次尝试举办"海畔老友——恭王府与什刹海的共同记忆展"。这是何等地令人欣慰呀！正如恭王府里留有的诗句所言：

京华何处是华园？曲径通幽近海边。画栋雕梁思旧日，楼台水榭看新天。

我与画友王铁成先生立刻就行动起来了，我们开笔合作。我意写恭王府故主老书画家溥心畬之神采，王先生一气呵成摹写溥老山水之墨韵，以此重温经典，以此忆京城岁月，以此触摸滋润"四九城"那片最亮眼的、流淌了843年如龙鳞闪烁的"三海"长河。从元大都到如今，胡同、小桥、流水、院落、楼阁……史话就藏在其中，大爷大妈们传说的故事讲了一年又一年，听不够，看不完，四季更迭，但无论在哪个季节，北京风韵总能让人心潮澎湃。我不说太远的事儿，就说自己在这什刹海的经历，几天几夜也说不完。

听妈妈说，恭王府里的大戏台，那可是给我外公萧龙友贺整寿请名媛听大戏的地方。从北海拱桥到后海河边，那里可是我父母相恋盟约的地方。

就在20世纪60年代初，我妈妈每天坐人力三轮车，到东四大街的中央美术学院附中去上班，有时也带上我，路经什刹海时，她总要给我讲故事。恭王府里有她敬爱的老师浦先生。后海住着父母的挚友，后来也是我的绘画老师潘絜兹。在湖边，我和父亲在夕阳的暖光中品茶,倾听他与画家刘凌沧共叙画技。

我记得和同学们春游,在后海荷畔大声欢唱"让我们荡起双桨"……那足足的幸福感当然少不了街上到处都有的老北京的手艺人。我买的剪纸、"面人张"捏的孙悟空、哨声能传三条胡同的大空竹就摆在我的床头。

贪吃的我至今还记忆犹新,石桥不远处的"烤肉季"让我流连忘返。为"瞜瞜"百年名店"同和居",已成小伙子的我骑着"永久"牌自行车飞快地穿梭在后海的胡同里。知了的鸣叫声让我汗流浃背,后海就成了我搏浪击水的胜地。扎猛子、练潜泳,那湖中的绿荫岛上还有不少苗条少女,鼓起了我的吃奶之力,奋进猛游。

数九寒天,我和姐姐疯跑在河边,不知疲倦地穿上冰鞋,在冰上拼速度。北京的"三海"伴我一天天成长,但真正让我走进"成熟"殿堂的,还是北海公园里的画舫斋。在那里,我旁听过父母与同事们开艺术研讨会时议论的课题,观摩了不少名家书画。如果说学艺要有灵气,画舫斋就是我的开窍之地。

随着年龄的增长、阅历的增多,我也像父辈那样有感而发了。从身边的事做起,想尽可能地贡献出自己的一份力量。

从小长在北京的人,最难割舍的就是对老北京的那份深厚的情感。虽然北京越发现代化,有了环路、地铁、立交,有了奇特的现代建筑……但无论怎么变,活在我们心中的还是那座充满古韵而神圣的城。自从改革开放后,这京城的文脉又随时代的脉搏有力地跳动起来。就我的亲身经历而言,可足以见证北京继承与发展文化事业的新气象。保护文物、维护故都生态,已经逐渐成为北京人的自觉意识。

记得在20世纪90年代初的一天,30多岁的我信步在什刹海河沿。晚霞为湖水、绿柳、石桥、木船、房瓦披上了粉红色的光。我正沉醉在这春风美景之中,忽然嗅到一阵令人窒息的恶臭。我仔细观察,原来这臭味来自漂浮在水面上的一片片冒着泡、夹杂着塑料袋的绿油油的水花。这极不协调的现象使我不安起来。不远处,一个50多岁的清洁工在船上不停地打捞着什么。待他划到岸边,我大声问道:"师傅,这水花臭烘烘的怎么办呀?"他一边劳作一边说:"我们清理一天了,出现水花是淤泥太多,水质出了问题。"

那时,我是北京市西城区政协委员,就把看到的这一幕在讨论会上说了。委员们鼓励我可以写一份《要重视后海水域水质问题》的提案。我以为提交了相关建议,委员也就是说说而已,政府有更多棘手的问题尚待解决,没想到,一个月后我就接到了园林局的回复。他们说很重视这一提案,将论证如何整治什刹海水质的办法。我没想到会这么快就有了答复,令我更没想到的是,两个月后,政协就接到了园林局的邀请,请我和其他委员去视察什刹海。园林部门的领导和什刹海整治小组向我们作了整顿、修缮什刹海水系计划的报告,并一起察看了沿河一带的情况。年底,我惊喜地看到一部分河道里的挖土机在隆隆轰鸣,清淤工作终于启动!维护先人留下的"三海"水系遗产,这么快就落实到了实处,实在是令人感动。现实的感触也激发起我的灵感,我画了为京城水系曾作出巨大贡献的古代水利工程学家郭守敬,画了北京的"凯旋门"——德胜门。而后,又应北京园林局之请,画了有三棵白皮松镇守的团城。

这一切的一切,沉淀在"京城之珠"——"三海"水畔。

如今，我们聚在绝美园林什刹海、恭王府"思旧日，看今天"，这一文化系列的推出，就像"冬天里的一把火"，会火到社区，火到网上；我们探究无涯，就像湛蓝的天；我们承载着历史，说出、写出、演出、展出，这气势如虹的张力，是最动人的色彩，会一代一代地画下去。

2022 年 10 月

［肖和（蒋代明），著名画家蒋兆和之子，平面设计师、画家，中国美术家协会，蒋兆和艺术研究会副秘书长。］

恭王府的记忆

潘 艺

记得还是在上小学一年级的时候,我随家人搬进了一个人称"麻花王府"的大院子。第一印象就是这个院子好大呀!道路四通八达,大院小院鳞次栉比,高墙灰瓦,方方正正的。高大的院门上,满是硕大的门钉,气势非凡。高高的门槛,好像要骑上才能跨过去。当时,如此这般的大院子,对我而言,充满了好奇感!我感觉它就是个王府,后来才知晓这个院子是清代礼部侍郎继禄的家宅。这个院子建筑规模宏大,曾被誉为老北京城"八大宅门"之一。

北海公园离我们住的麻花大院不远,春游、秋赏,颇为惬意,那是我们经常游玩儿的去处。紧邻的什刹海,更是我们流连忘返的地方。夏天游泳,冬天溜冰,好不痛快!每每走到这些地方,无论是酣畅淋漓地玩耍,还是微风荡漾地陶醉,总感觉伴随着些许神秘的色彩……游玩的一路上,从麻花大院出来,对面就是原北京卫戍区司令部所在地:哨兵警卫,灰墙围绕,既森严,又气派,那就是原庆王府大院;往前不远,是辅仁大学的院子。那里原来是涛贝勒府的花园,后来建成了辅仁大学,院落深邃,有几分神秘感;过了辅仁大学,再往前不远,便是现在京城尽人皆知的恭王府了,这里曾经还是中国音乐学院旧址,更是一处让人颇想一探究竟的地方;再往东,斜对面,灰瓦高墙,深不可测,原来也应该是恭王府的地界儿,后转卖给天津达仁堂了。新中国成立以后,郭沫若等几位先生曾在这里居住。

时常往来于这些王府门前,总会探头张望,有一种探秘感总会萦绕在心头。直到1977年恢复高考后给了我王府探秘的机会,我荣幸地考入了中央音乐学院。入学不久,我们整个民乐系就搬到了原中国音乐学院所在地——恭王府,开始了我们的大学生活。

当时,我觉得恭王府修建得很讲究,比我家所在的那座大宅院要讲究得多。院儿内后来还修建了怡红院和潇湘馆,假山、秀石、鱼盆、廊柱,非常别致。

我们当时住在那人称"九十九间半"的耳房里。那九十九间半是个带廊檐的二层小楼,很像我们中国庭院中常有的那种绣楼,只是比绣楼要长得多。那时就有个说法,这九十九间半是恭王府里用人住的地方,也不知道是真是假。

当时我们乐队训练是在恭王府的一个大殿里,民族音乐在这里可以获得更多的想象与抒发。大殿里还有个小舞台,我们会在这个小舞台上进行汇报演出。在这样的舞台上表演,与在音乐厅、剧院里演出有着截然不同的感觉和韵味。1979年,国家决定重新建立中国音乐学院,我们1977级同学,大部分选择了中央音乐学院。至此,我们才告别了恭王府,回到了位于鲍家街的中央音乐学院本校。

我一直以为,曾经我们学习、生活过的地方,就是全部的恭王府。但凡听到有人说"旁边有一座非常气派的恭王府"时，我就会说，音乐学院就是恭王府。后来才知道，其实，恭王府很大，当时被几家单位分别占用。但我还是认为，我们这边是最大的、最气派的主院儿，其他院落只不过是边院分支。直到经过了28年的腾退、整修，恭王府正式向游人开放以后，我才终于有机会游览了恭王府的全貌。我真的被震撼到了！原以为母校的旧址就是恭王府全部，其实，那仅仅是偌大恭王府的区区一角而已。

恭王府中的古迹碑题、山水曲径，宛若仙境。那些亭台楼阁、房舍庭院，真是堪比故宫皇园。堂皇庄重的府邸、繁华高雅的花园，真不愧为京城的上佳山水！我家所在的麻花大院，虽然也有垂花门廊的五进院落，也有假山，也有藕塘，还有打更的更道环绕，但与恭王府相比，实属天上地下呀！

偌大的恭王府，自己有幸身在其中，与之耳鬓厮磨，才深深感到中国古代建筑工艺之精湛与技艺之高超，也才能领略到中华王府文化历史价值之深厚与文化价值之宝贵。

改革开放的第一缕阳光洒向中国大地，给各行各业赋予了生机，也照进了古老沉睡着的深邃王府宅院。早在1962年，周恩来总理在北京市副市长、著名红学家王昆仑等陪同下，视察恭王府时就指出，一定要将恭王府保护好，将来有条件时对社会开放。1975年，周总理在病重期间，仍不忘嘱咐要修缮恭王府，实现恭王府对社会全面开放。随着占用恭王府府邸的最后一家单位——中国音乐学院附中悬挂在恭王府的校牌摘下，历时28年的恭王府府邸腾退工作终于圆满结束。2008年8月20日，整修一新的恭王府正式对外开放，古都北京又增添了一处盛景。此后，恭王府博物馆陆续晋级为国家 5A 级旅游景区，被评为国家一级博物馆。

2023 年 9 月

［潘艺，1958 年生于北京，毕业于北京四中。1977 年考入位于恭王府的中央音乐学院。1982 年毕业，进入北京歌舞团（现北京歌舞剧院）工作，退休后，投入教育事业。］